YUKIO
MISHIMA

企鹅·轻经典
EASY CLASSICS

雨中喷泉

［日］三岛由纪夫　著

李敏　译

中信出版集团｜北京

目录

CONTENTS

酸模——秋彦的幼时回忆 [1]

酸模―秋彦の幼き思い出

　　　　　现实非梦境

　　　　　比之梦境更显果敢

　　　　　苦痛之中更显果敢

　　　　　较之虚幻更显果敢

　　　　　　　　　　　　北原白秋《渺小之物》

"你不可以接近那栋灰色的房子！"

母亲叮嘱自己的孩子秋彦道。

和缓的山丘，悬浮般在秋彦家旁起伏。树木并不少见，但整片山坡却泛着淡红色的光晕，那或许是由于随处铺就的酸模花和草夹竹桃的浅胭脂红点落其间。可是，在这山丘的正中央，却扎扎实实

1　此篇创作于 1938 年，三岛由纪夫时年 13 岁，是其首部作品。——译者注（如无特殊说明，该书脚注均为译者注）

地存在着一个本不该属于这里的东西（它也确实煞了风景）。

墙壁是灰色的，巨大的门柱根根突出，就连远远便看得见的一座座屋顶，也都是灰色的模样。想必连那门内广阔的院落，也荡漾着灰色的空气。唯一的例外，只有那扇冰冷的黑色大铁门。

沁人心脾的青草香气、不绝于耳的蝉鸣，还有迫不及待映入眼帘的绿、绿，一望无际的绿。青空不留云，流云徒去留——

处处提醒着，夏日的到来。

然而，孩子们却一直相信，那墙里不会有夏天造访。毕竟就连大人都无法翻越的高高耸立的灰墙，"夏天"又怎能翻得过去呢？

他们把这栋房子唤作"灰色的家"。它的出现并不久远，那是在秋彦刚刚懂事时，也就仅仅三年前的样子。

"建起来的时候也是个夏天。宝贝喜欢看盖房子，总缠着我带他过去呢。"

秋彦年轻的母亲莞尔道。

今年春天，秋彦六岁了。他和朋友采过了山坡上的紫云英和探头探脑的笔头草，可是当酸模花蕾就要温柔绽放时，那山丘乃至周边，却成了他们玩耍的禁区。他从母亲那里没有听得原因，但刚长到五岁的小伙伴俊子凑到秋彦耳旁说：

"我听说啊，从监狱里逃出了囚犯，所以才不让我们去山丘上玩儿了。"

秋彦听后大吃一惊地问：

"监狱是什么？囚犯又是什么？为什么逃出来，我们就不能去玩儿了？"

"我怎么知道呀。不过我喊小义小康一起去玩儿，可他们都不来了……"

这个秋彦是明白的。家里的保姆哪个都不愿意陪他去，就连爷爷也这样对他……

秋彦心中的孤独感像海浪般涌来，他呆呆地不再作声。

"对自然的执念"一旦俘获童心，便再难消失。秋彦即是如此。春日里，他兴高采烈地采摘着紫云英、雏菊，在泛红的绒毯上打滚，乐此不疲地与伙伴追来逐去。

夏天是福禄考和酸模。

秋天是胡枝子、芒穗、葛草、苦藏、泽兰、瞿麦、桔梗，相互交错缠绕、随风摇摆。秋彦的心境，也随着那秋风怡然自得起来，仿佛眺望七草的老人一般。

而到了冬日，雪仙子那纯白色衣袖便会轻拂山丘，翩然而落。

在孩童心中，同样有着对自然近乎病态的憧憬和执着。不，或许有时，要比大人更为浓烈。

秋彦深陷这样的旋涡之中。他趁母亲外出的间隙，从侧门偷偷溜了出来。

午后的阳光洒下，时间还不到下午一点。

戴上帽子的秋彦憋足一口气，抄近道一溜烟儿向通往山丘的方向奔去。

阳光洒满整座山丘。然而在它的右侧，巨木蔚然成林，树木间几乎不能容身，绿荫华盖向四面八方延展，一条白昼里若隐若现的林间小道，到夜晚来临便会倏然隐去。

但秋彦对此并无担心。他一路小跑穿过树林，来到山丘大地的正中央，在茂盛的草坪间跌坐下去，喘着粗气，紧接着开始咯咯地笑了起来。他痛快地笑着，激起阵阵回响。他又冲着天空放声大笑，感觉像是有一块蓝天扑通掉进了自己的嘴巴里。他笑啊笑，尽情地笑，直到终于笑够了，才忍着躲在肚子角落里咻咻的笑意，从口袋里掏出一颗白色皮球，高高地抛向空中。

是蓝天呀！

蓝天追逐着皮球向上攀升，又迅速坠下。他接住了皮球，就像把蓝天一并揽入怀中般欣喜。他又大口地呼吸。秋彦从未在室内或是城里呼吸到过这样的空气。不，不是呼吸，是吃了下去。此刻，他的嘴巴里填满了拥有奇妙口感和香味的空气、蓝天，和白云。他一直不知道，这口感、这香味从何而来，但现在，他似乎弄明白了。又是一阵喜悦向他涌来——找到空气口感和香味的来源，这无疑是秋彦最大的欢喜。

从那时起，秋彦感知到了大地的跃动。大地开始如心脏般跳动，秋彦的双脚也随之起舞。森罗万象为他伴奏。

秋彦听得懂那音乐和歌唱。森林在歌唱，山丘北面如海般的绿田在歌唱，小鸟也在歌唱。

这时的秋彦，或许能和小鸟对话吧。

大概过去了五个小时，他依然沉浸在欢喜之中，完全忘记了时间的存在。等到终于回过神来，椭圆的夕阳已西沉至火山山麓。田野延伸到树林处，远方遥遥矗立着雄伟的火山。暮霭低伏在地面之上，由远及近地蔓延开来。

秋彦噌的一下站起身，把皮球收到口袋里，快步来到森林的入口，不知所措起来。白昼里仍显昏暗的森林，到了日落时分，哪里还有小路可循。秋彦糊里糊涂地走了进去。

他迷路了。

分不清楚出路的秋彦晕头转向地奋力奔跑，却不知自己越来越深入丛林。

不知过了多久，依旧看不到城镇身影的他，终于哭了起来。哭声响彻四方，却终究传不到城里。

当他发现哭并不管什么用后，便停了下来，一屁股坐到地上嘤嘤抽泣着。这时，突然有什么东西拍了拍他的肩膀。秋彦幻想，是大地的裂缝处蹿出一根冲天火柱，恐怖的恶魔从火柱中现身，拍打着他的肩膀。他害怕得不敢出声，双手捂着脸噌地跳开。但这时噩梦被打破了，传来清晰的人声：

"小家伙，你怎么了？"

秋彦小心翼翼地睁开双眼。

在他的眼前，站着一个身材异常高大的男人，身上的西服皱皱巴巴。他的脸比较小，正中央一个大鼻头微微朝天，鼻子下方、面颊和下巴上长满针尖儿般的胡子，伸手过去摸肯定会被扎疼。但他面相和善，欠缺的门牙也让人心生好感。唯一不可的是那双眼睛。

毒蛇模样的深灰色双眼暗淡浑浊，犹如邪恶水魔栖宿的湖水，然而在那之中又星星点点地闪着微光。真是个怪人。秋彦看到他，总算回过神，转而觉得不可思议起来。为什么在这片黑漆漆的森林里，能看到男人的身影和长相呢？他猛然回头，啊，原来是树丛间透出来的光，照到了秋彦和男人身上。那是月亮的光辉。月光从树叶间倾泻而下，仿佛五线谱一般。汇聚而来的音符在纸谱上跃动，自成乐曲。秋彦低头看——

那里有小溪在叮咚作响。

青蛙（也可能是溪树蛙）发出木琴般悦耳的蛙鸣。

远近的草丛中，蟋蟀正在奋力振动着羽翅。

"你怎么了？"

男人又问了一次。秋彦心中一惊，并没有直接回答，而是怯生生地问道：

"叔——叔——要——去——哪——里——呀？"

哭过后的嗓音完全变了调，那一声"去——哪——里——呀"之后，尾随着一个大大的喷嚏。

男人笑着（看起来像是生气又像是哭泣）说：

"我出门旅行忘带东西，回家来拿。"

"你说的家，是山丘上那个？"

男人被秋彦异乎寻常的强烈反应吓了一跳，又装作若无其事地说：

"对啊。"

"叔叔家的门牌可真大呀。"

"是吗？"（男人苦笑道）

"叔叔！"

"嗯？"

"你为什么把自己的家涂成灰色呢？围墙是，屋顶也是，连门柱都是。"

"……"（沉默）

"叔叔不可以不回答我。——我问问你，你的家是不是叫监狱呀？"

"懂得真多啊，没错，我的家就叫监狱。"

话音刚落，秋彦突然紧盯着男人的脸叫了起来，就好像那里缺了个鼻子一样：

"那叔叔就是囚犯啦！你在监狱里落了东西，等取到后还要再出来的，对吗？！"

秋彦的目光追着男人的视线，然后一下子碰上了。秋彦的眼睛就像秋天的湖泊，清澈得连湖底的细沙都能尽数。这是何等恐怖的事。透明到极致，没有一丝阴云。那感觉就像，当你注视着一颗浑圆的珍珠时，一时间甚至不敢去触碰它。这是何等恐怖、又何等庄严，男人无法正视。

"对啊。"

他无力地回答了一声。也就在这时，眼前这个天使般的男孩突然向他飞奔而来，把脸埋进他伸出的胳膊里，痛哭起来。夜莺在枝丫上婉转啁啾。

"不要出来啊！又要不能到山丘上玩儿了。你快点回到'灰色的家'去吧，这样阿秋就可以和小伙伴一起玩耍了。"

"为什么啊？为什么会这样？"

男人狼狈地问道。

"妈妈说，囚犯从监狱里逃出来，就不可以去那里玩儿……"

"是这样啊……"

男人深深地叹了口气，而后抬头望向月亮。他的眼睛已如秋彦般清澈。他开口道：

"我也曾有个孩子，是个和你一样可爱的孩子。只不过现在……"

"现在怎么了？"

"在广阔的、广阔的海面上，他化作一只海鸥在那里飞翔。人们说，当海鸥发现鱼儿闪着银光的鳞，那海鸥就会一头扎到水里。'在青灰如暮霭的海面上，我被杀害了。杀害我的恶人，深深地沉入海底。我会用这双白色羽翼，一直一直盘旋在空中，穿越低矮的云层，等待他浮现。'"

"你在说什么？"

男人没有作答，继续说着：

"可是那个杀害了可怜的海鸥的家伙，他找到了自己的出路。你知道是谁帮他找到了那条路吗？——小家伙！是你呀。我真的太喜欢你了。所以，我要做一件最能让你开心的事。"

"……"

"我要回到监狱里去了。"

秋彦的脸上显露出微弱的晨光，而后那光渐渐漫开，他的面颊变得宛如饱含桃汁的雪山肌理一般。秋彦动人的双眸中闪烁着星辰。对他而言，对这个天然去雕饰的无邪孩童而言，这无疑是其所能感受到的最大善意。男人又接着问：

"小家伙，只要我不逃出来，而是被放出来就可以吧？"

"嗯！"

"到那时，那扇黑色的铁门会打开。大概是一年之后。到时你会来迎接我吗？"

"当然啦！阿秋最喜欢叔叔你了。"

"好啊好啊，一定要来啊。"

男人和他说了再见，又突然想起什么，返回到秋彦身边。他让秋彦骑到自己肩膀上，一直把他送到去城里的那条路上。秋彦被放了下来，但他只是站在路口，久久注视着男人的背影。

月色泛着橙光，照亮了男人的背影。男人缓步向大门方向走去。

门卫看到了他，又看着他完全发生了变化的柔和面相，又惊又喜地迎了上来。牢房四处身穿蓝色囚服的犯人喧哗着、雀跃着口口相传。他走进狱长的房间，狱长非常欣喜地接待了他。

"越狱者能凭借自己的意志回来，实在罕见，也真是给我长脸。我发自内心地感谢你能够幡然醒悟！"

男人心情愉悦地说道：

"一直以来我都深信着，只有万事皆能凭理性应对的人，才能够感受到真正的幸福。我是个内心像女子般柔弱的人。哪怕心中萌生些许理性，也瞬间会被感性吞没。就连我的犯罪动机，也是产生于这不堪的性格……但如今，我从自己懦弱感性的性格中，看到了真正的幸福。

"我不会再怨天尤人了。不会再对神所赐予的东西感到懊恼。我要洗心革面，重新做人，这难道不是现在的我唯一能干的事吗？"

"真是个奇特的男人。"

狱长叼着焦苦的雪茄说道，燃尽的烟灰已经泛白。坐在旁边的狱警问他原因。狱长说：

"那男人在诅咒理性。他诋毁受理性支配的人是机器。但是他说了一句奇妙的话，他说从受感情所困的人性中，看到了真正的幸福。"

曾是前科犯的狱警，在很长一段时间里饱尝人间疾苦。他说道：

"我是个有前科的人。我自信打心底理解犯人的感受。——狱长大人，他曾是个彻头彻尾的逃狱犯。并且，他为自己那颗充满情感的心所耻，朝着理性盲目冒进。但他还是太盲目了，终究成了那操纵理性的恶魔的奴隶，被恶魔授意了许多事。它对他说：'去把落在监狱里的凶器取来。'就在鲁莽地迈出那一步之前，他获救了。那是来自神的救赎。"

"愚蠢至极！居然编出神这种荒唐话。"

狱长不悦地说道。

"您错了，神真的存在。我能悔过自新，也全凭神的指引。只不过，神千变万化，身形不定。重新回到他身体里的那颗本心，一定无法在神的面前抬得起头来。我想，能做到这一点的，一定不是人类。

"狱长，我敢保证，他一定不会再越狱了。"

"你确定吗？"

狱长认真地把记录簿翻得哗哗作响。

"那个男人的刑期是十年吧。"

"对。不过当初判的是无期徒刑……"

"那就还有一年。"狱长盯着狱警道，"你可是保证了的。"

"不知会是什么凶器呢？"

俊子妈妈边读报边问秋彦妈妈。

"怪瘆人的。不过，应该在犯人回来前已经找到并销毁了吧？"

"是这么写的。"

"说起来，那个犯人可真是个怪人，说了这么些奇怪的话。"

"……"

"从明天起，我打算让孩子去那山丘上玩了。他想去得厉害，
人都有点不太正常了。"

第二天，秋彦开始被允许去山丘上玩耍了。

山丘上的酸模花日渐干瘪下去。

红绢斑驳，星星点点，终于褪去了颜色。漫山遍野满是野菊和
七草。

甲虫仍随处可见，但夏蝉早已息声，余下寒蝉幽鸣。

更有蛐蛐儿、蝈蝈儿，终日鸣叫、无休无止。

椰榆的树干像老人的臂弯，羸弱的叶腋下，生出淡绿色小花，伴着秋雨纷纷落下。

那花瓣，真真才是秋日的象征。

冬季乘风而来，又飘然而去。

残雪化作春水流淌，黄莺在其间的黑土中撒下春的种子。

山丘的对面，积雪覆盖的田野漫无边际地延伸着，直到与披着厚重冬衣的火山接壤。而那火山上的雪，正在渐渐消融。

春天翩跹而至。

山丘之上，紫红色的紫云英遍地开放，远远望去，就像一张大红盖头涌动在大地的生机之上，乍又像是要被掀起，飘飘忽忽。

不久后，酸模的花蕾在大地之上喷涌而出，淡红色的酸模花，如有神助般，摇曳生姿，大朵大朵地绽放开来。

夏天到了。

山丘之上，一大群孩子围成圈嬉戏。

云霞般的青草嫩芽漫山遍野，牵绊着孩子们矫健的步子。

鸟儿在空中翻腾飞舞，那凌然身姿，像是要把云彩揪出个缺角来。忽而又侧身从低空径直划过，发出一声尖锐的啼鸣。蝉声聒噪。

脚下的酸模花婀娜起舞，尽情狂欢。

全因那南风从绿田扶摇而上。

绿色——

明媚的绿。

——光。

——光！

满眼光芒。

在他们身后，是巨大的黑色铁门。

门锁闪着光。

接着，那光慢慢开始移动。一寸——两寸——三寸。

露出一张脸来。有个男人走出来了。

他的脸庞熠熠生辉——那里也能看到光。

孩子们奔上去。他们一同坐进绿色里。

灿烂啊！

酸模，是酸模！

酸模的花……噢，在那里——

更远处——还有这里，绽放。

他们的目光向山脚下投去。一些小小的黑影，若隐若现地向这边靠近。——是女人。

看清楚了——有秋彦的母亲、俊子的母亲——三个、四个……

女人们脚步冰冷。她们走近后，拽起自己的孩子说：

"和犯人亲热个什么劲？真够脏的。"

又拿出手帕，擦了擦孩子们的手。

手帕上下翻飞。

男人的眼睛追逐着舞动的手帕。

南风起。

"宝贝怎么可以把自己弄这么脏呢。"

"真是恶心。"

她们咄咄逼人，对男人恶语相加，想把他赶走。

男人沉默着。他弯下腰，采摘起酸模花来。

他给孩子们一朵一朵分发后，健步流星地离开了。

男人头也不回地扬长而去。女人们瞠目结舌地用眼神追随他的背影，而人却茫然伫立在那里。像泪水一样的东西，从眼底涌上来。

但她们还有一件必须要做的事。

她们冷淡地拦下了要去追赶的孩子们。每个孩子的右手里，都握着酸模花。

男人一路走下去，从村口离开了。

太阳通红。

酸模花在悄然摇摆。

是南风在吹。

"还不快扔了它们——！"

母亲厉声喝道。酸模花落在了斜阳点燃的土地上。

那夕阳仿佛想把一切都燃尽。

啊——酸模花在热烈地燃烧着，赤红一片。

南风吹拂。

那之后过了很久。

已长成大人的秋彦，在某年夏天，回到了自己的故乡。

酸模花在山丘上尽情绽放。

淡红色的花沿着灰色围墙生长着。

监狱如今仍是灰色模样。

这里的视野十分广阔。

生命力旺盛的绿田彼岸，雄壮的火山吐着滚滚黑烟。

只有一处不同。它位于灰色围墙的阴影下。

那里立着一座小小的墓碑。

墓碑之上——那是几十年前……是的，是那个从铁门后微笑着现身的男人的名字。

秋彦早就已经忘记他了吧。

他抬头向上看。

火山冒出的黑烟向蓝天升腾，逐渐消散。

脚下，酸模花盛开——

烟草 [1]

煙草

那个来去匆匆的少年时代，于我而言，无法回忆起任何快乐和美好。"虽然也曾沐浴过灿烂阳光，"波德莱尔吟诵着，"我的青春不过是一场阴郁的风暴。"少年时代的回忆充满悲剧色彩，这实在让人不可思议。为何成长本身，抑或有关成长的回忆，必须是悲剧性的呢？对此，我越来越想不明白。没有人明白。老年人沉静的智慧，或将伴随常现于秋末的干爽与明媚，降落到我们每个人头上。等到那一天，我也许会恍然大悟吧。然而到那时，即使明白过来，也已经变得毫无意义了。

每日总在无解中度过。就连这种不值一提的小事，在少年时代都难于忍耐。少年，丧失了童年时的狡黠，并对此心生厌恶。他打算重新出发。但世间对此是多么冷淡啊！没有人在意想要扬帆起航

---

1 此篇创作于 1946 年，受到川端康成的高度赞誉，也成为三岛由纪夫以作家身份出道的契机之作。

的他，在对待他的方式上频频生错：有时把他当作大人，有时又看成孩子。是他不够稳定的缘故吗？不，细想来，少年时代拥有无处可觅的确定性，他因不知对此如何命名而苦恼。那就是成长。他终于赐予它姓名。成功让他感到安心，感到自豪。然而，命名的刹那间，那个明确的存在，和命名前相比，却变成了另一种东西。并且他对此竟毫无觉察。即，他已长大成人。——童年时珍藏的密封宝盒，少年时想千方百计打开看个究竟。掀盖而起，发现里面空无一物。他于是明白过来："所谓宝盒，原来是空空如也的。"从此以后，他开始变得看重自己确立的定理。那就是，他已"长大成人"了。但宝盒果真是空的吗？还是说，某种重要的隐形之物在打开盖子的那一瞬间倏然逃走了？

我从不认为，长大成人是一种完成时或者毕业。少年时代本应永久地延续下去，事实不正是如此吗？既然这样，我们又怎能轻视它？——成为少年后，我首先开始质疑友情。所谓的朋友全都是蠢货，让我无法忍受。学校，这种愚蠢的组织，强迫我们白天大部分时间都在这里度过，强迫我们在有限的几十个无趣的同学年学生中选出朋友。在这狭窄的围墙内，聚集着智力相当的几十个朋友，还有每年都用同样的教案、在教科书某处讲着同样段子的老师们。（我曾和 B 班的朋友聊过，预测某个化学老师在开课多少分钟后开始讲同一个段子。他在我们班是开课二十五分钟后；在 B 班是十一点三十五分，也是二十五分钟后。）这样的环境里，究竟能让我学到什么呢？何况，大人们命令我只从这墙里学习"好东西"。就这样，我们开始模仿炼金术士的处世之道。最为心灵手巧的炼金术士被称作优等生。他从铅里提炼出可疑的金属，让购买者相信那是金子。到最后，连他自己也对炼出金子这件事深信不疑。优等生是最熟练的炼金术士。

我对所谓的朋友十分反感，一味同他们对着干。一升入初中，每个人都开始做体育运动，我却对此厌恶至极。——高年级学生为了让我加入体育部，几乎想要使用暴力。我一边偷偷瞅着他们挥舞的粗壮胳膊，一边拼命撒谎："我……那个……肺门不好……而且……心脏也很脆弱，经常晕倒。""是——吗？"一个歪戴学生帽、半敞上衣的高年级学生应声道，"看你铁青着脸，这样下去可活不长久的，知道吗？要是现在死了，就什么有趣的事都不知道了。一些有趣的事哦。"这时，我身边挨着站的表情严肃的同年级学生们，全都下流地笑出声来。我默不作声，又瞥了一眼高年级学生卷起袖子的粗壮胳膊。接着，我联想到女人，模模糊糊，但很丑恶。

对于在贵族学校中流动的荒淫怪诞的空气——那种难以与人言传的奇妙氛围，我屡屡反抗，可同时又十分中意飘荡于其中的某种东西。我的朋友当中，有许多人一旦被置于平常人群里，他们的长相会显得异常夸张和阴郁。他们几乎不读书，无知又无畏。他们对于悲剧无动于衷，自小便善于避让苦恼和激情等巨大的感情波动。即使不得已处于苦恼之中，他们的无为也会很快将其降服，然后相安无事地与之共处。因为，他们是那些人的子孙——那些不是以威胁和暴力，而是以巨大的麻木不仁无为地制服众人的人们的子孙。

我喜欢在学校周围高低起伏的广阔森林里散步。校舍集中在山顶，山的斜面上都是森林，其间连接着几条陡峭易滑的羊肠小道。

森林里散落着几片幽暗的沼泽地，好似森林的地下水因憧憬蓝天汇聚在这里，又像要在这里歇息片刻，然后重新回归黑暗的地下。灰暗沉滞的水面看似纹丝不动，却于静谧中轮回。池水悄无声息地流转，时时让我心醉。我背靠池边的枯树根坐下，凝望着池水，落叶如梦般徐徐飘落在水面上。森林深处，传来丁丁伐木声。不安分的秋日高空，忽而显现湖水般明媚的晴朗，光线自庄严辉煌的云端照射下来，丁丁斧音仿佛就是那光的声响。不透明的池水只有光线射入的部分透出金色的光晕。一片闪着光的唯美的落叶，犹如沼泽里行动缓慢的生物，悠悠地翻卷，而后沉入水底。看着这一切，每一刻，我都感到由衷的幸福。我一直想把它与自己合二为一。那一刹那，我感到自己终于同那种大音希声却易成众矢之的的静谧感、那种仿若从我的前世流转而来的亲切的静谧感合体了。

我沿着池沼边的一条小路，走向森林深处一座古坟状圆丘。忽然，树丛间响起山白竹的摩擦声。躺在树林里一小片草地上的学生，欠起身子朝这边望过来。是两个我不认识的高年级学生。学校禁止学生抽烟，显然，他们是躲着老师来这里抽烟的。其中一人瞪我一眼，随即将藏在手里的烟衔在口中；另一个"切"了一声，目光转向背到身后的手上。"怎么啦？灭了吗？真没出息。"那人故意不理睬我，只顾豪爽地笑着打趣，结果被没抽习惯的烟呛到了。那个被他取笑的高年级学生，耳根涨得通红，特意把刚吸了几口的香烟揉个稀巴烂。他冷不丁抬头，冲我说了声："你！"我本该埋着头走开便好，却偏偏像只受惊的兔子呆立住了。"你过来一下。""哎？"我自觉回答得有些孩子气，脸旋即红了起来。我跨过山白竹丛，在他们身旁站定。"来，坐呀坐呀。""好。"说着，他又重新抽出一支烟衔在嘴里，点着了火。接着，他把烟盒朝坐下的我递过来。我大吃一惊，连忙推了回去。"没关系的，抽一根试试，比点心香啊。""可是……"他亲手点上一支硬塞到我手里，对我说："不抽火会灭的。"我于是吸了一口。一种近似方才沼泽的气味和火焰的芳香重合到一起，一瞬间我看到了燃烧着的巨大热带树幻影……我猛烈地咳嗽起来。两个高年级学生对望了一下，乐不可支。瞬间涌向眼角的泪水让我感觉到一种与他们的欢笑丝毫不差的幸福。为什么会这样？我难为情地笑着，仰面躺下。穿着春秋衫的脊背被坚挺的草叶扎得生疼。我把生平第一支香烟高高举起，眯缝着眼睛，贪婪地望着一股青烟流向午后灰暗的天空。烟优雅地升腾着，凝聚着，若有似无地弥漫开来。那情景如梦初醒，彼此牵绊却又无奈地离别……

这时，一个亲切热情的声音在我耳边响起，打破了这份陶醉。"你叫什么名字？"递给我香烟的那个人问道。我怀疑起自己的耳朵来，这不正是我期盼已久的声音吗？"我姓长崎。""一年级？""嗯。""哪个部？""还没决定选哪个部……""那你想进哪个部呢？"我犹豫了。不久，我的冷淡打消了投其所好的虚伪回答。"文艺部——""文艺部！"他近乎悲鸣的叫声和我的回答重叠到一起。"你要进那种部？真是无语了。那是得了肺病的人才会去的地方啊。别去啦别去啦，赶紧打消念头吧。"我盯着他那怪讶的表情，露出不可名状的微笑。他的态度给了我起身的勇气。我站起来，看向手表。我紧皱眉头，像个近视眼一样把表凑到眼前。……

"我还有事。"听我说罢,另一个一直躺在地上的人坐起身来:"喂,你不会是要去向老师告密吧?""不会的。"我像个公事公办的护士一般回答道。"我去钢笔店……再见。"——"这小子生气走了。"我隐约听到背后的说话声,急匆匆走下圆丘。那是递给我烟抽的那个人明快的嗓音。不知为何,我很想朝那年轻的声音再回头看上一眼。就在这时,我看到前方小树林里有一大片美丽的氤氲。我被它所吸引,忘记了当下想做的事。然而,我必然是想着其他的事向前走的,等到回过神来,已然错过了那美丽的红色。回头望去,那是一棵自上而下长满红叶的樱花幼树。阳光透过玲珑剔透的红叶缝隙,营造出一种仿若人工而成的曚昽美。周围明媚的秋色也静默了生息,一切犹如透过刚刚打磨的玻璃所看到的一样。我转过头,又迈开脚步……

——回到家中,悔恨折磨着我。或说,那是一种畏罪感。一想到我的手指可能还染着烟草味,我就不由得一阵战栗。一坐到椅子上想要静下心来开始学习,另一种不安感又让我心烦意乱。手指上的烟味,就像《一千零一夜》中的那个被妻子斩断指头的男人的肉腥味,擦也擦不干净。这种气味今后也定会使我苦恼无比。即便绑上绷带,戴上手套,坐在电车上,周围的人也很快嗅得出来,把我当作犯人,冷眼相待。这种气味侵犯全身,藏也藏不住。一想到那刺鼻的烟味,我就痛苦不堪!当日晚饭时,我没有敢正眼看父亲。"阿启呀,汤都洒了。"每顿饭上祖母总是反复提醒的这句话,却让我吓了一跳。还是少女时就曾一眼识破用人是个惯偷的祖母,肯定已经知道我抽烟了。我难以承受这个可怕的念头,于是晚饭后,来到祖母的房间，想求她不要告诉父亲。"哎呀，阿启来了，真是稀罕。"祖母完全不给我说话的机会，又是拿出森八的点心，又是泡茶。后来，她竟开始教我《桥弁庆》中的唱词："黄昏映水波，夜岚风萧萧。"这让我越发怀疑起祖母来。

第二天一到学校，我就感觉自己仿佛带着和过去不同的眼光看待一切。这是什么带来的变化呢？我想非那支香烟莫属。我平时对那些加入高年级学生行列谈论女人且爱好运动的同班同学，总是抱着轻蔑的态度，现在想来不过是出于不服输的个性。因为我逐渐意识到，自己对他们的漠不关心，正日益变成对抗心。如果他们再像之前那样说："你长崎会写歌了不起啊（他们不知道"诗"这个词，所以把诗和俳句等全都叫作歌），抽过烟吗你？"我再也不会像以往那样因窘迫默不作声，我会轻描淡写地回他们一句："烟而已，谁没抽过啊。"——然而不知为何，昨晚那可怕的罪恶感并没有和这种逞强相矛盾，而是被这种内力所强化。我莫名地快活起来。理科教室抢座位（不抢最前排，是抢最后一排）的时候，以往我总是姗姗来迟，哪里有空坐哪里。但今天晨训一结束，我看到跑在最前头的 T，便立即冲出去追赶，比谁都跑得快。一直坐在第二个好位子（打瞌睡也不会被发现）上的 K，看到我早已坐下，懊恼地说："哎呀！长崎你好过分啊——这可是最热门的位子。看来今天是有备而来的。切，干不过你这个上了头的。"这个被高年级学生起了"活像一副防毒面具"外号的 K，又遭到大伙一通奚落，他赌气坐到了最前排和老师面对面的位子上。后面的时间里，K 一直被老师盯得死死的，大家全都幸灾乐祸起来。

我午休时还去试了试从来不打的篮球。但因为技术太差，很快坐到了替补席上。我觉得自己是在向友谊献媚，于是离开了打篮球的那群人，又向校舍后院的花坛走去。许多花已经谢了，只剩下一丛丛菊花。叶子大都透着淡黄，唯有花朵凛然而立，美得不可方物。我对着精致的一朵看得入了迷，鲜黄色的纤巧花瓣分布成细密的纹路，看上去大得出奇，仿佛眼前有一朵巨型菊花要挡住我的去路。白昼的虫无精打采地在四周鸣叫。我因为一直俯着身，站起时有些头晕目眩。如此痴迷于一朵菊花，让我觉得难为情。就算是在森林里享受散步的乐趣时，也很少被某种东西如此吸引。尤其对着一朵菊花看得入迷时，心情同瞭望广阔景色时完全不同，无疑有着一种自愧的情绪。我稍稍加快脚步返回校舍，这时，透过稀疏的杂木丛，远远可以看到下方那片在静寂的秋日里闪光的沼泽。我想起了丁丁斧声——想起从闪耀的云端射下来的光之箭矢。同时，也想起了那个人爽朗明快的声音。此时，一种包含着极为强烈的、令人动弹不得的巨大静谧的感动，压抑在我的胸间。我不知道它是否来自那个爽朗的声音。当我在池畔仰望云间流泻的阳光时，感到自己与前世流转而来的亲切的静谧感融为了一体。而此时的心境和那时候十分相似，让我很难区分开来。

　　然而，日子一天天过去，我与无法适应的厚颜无耻，以及悔恨和恐惧渐行渐远，不能忘怀的唯有烟草味道。我曾以为自己会习惯这种味道，但它反而比先前更加强烈地折磨着我。当父亲在我身边抽雪茄时，一种快感会伴随着可怖的呕吐感侵袭而来。我感到，自己的兴趣正在高速地从曾经爱好着的静谧之物，转向过去一直轻蔑的喧闹耀眼之物。

　　一天晚上，我和祖母、父母一起到城里一家热闹的餐馆。返程时，因为祖母行走不便，车子特意稍微绕了远路，让我们可以从车中浏览晚秋明丽的街景。祖母和父母坐在后面，我坐在副驾驶席上，眺望车外。司空见惯的街区夜景，今宵格外美好。闪着刺眼亮光的红色霓虹灯和招牌，过分明亮而失去意趣的窗户，原本并不好看，但它们一旦集合起来，便获得一种奇妙的平衡，蓦然悬于黑暗的夜空，永不消退，犹如一片轻微抖动着的永恒的巨大烟火幻象。我联想到在学校里学到的"梦幻的街巷"这句话来。这不过是一种幻象。街巷会不知不觉在住民们的意识中逐渐发生变化，不是吗？今日的街巷并非明日的街巷，而明日的街巷也不会是后日的街巷。……这时，我发现一栋轮船形状的优美建筑，这是一栋纯白色大楼，不像其他建筑那样灯火辉煌，而是飘浮于烟雾般的青灰色灯光里。当我看到这栋大楼时，一团安静的影子升腾起来，建筑飘飘摇摇，宛如浮在水面之上。我大吃一惊，眼睛向玻璃窗凑得更近。"阿启对银座喜欢得不得了呢！"一直沉默的母亲突然放声大笑起来。"他要是对银座着了迷，那可就麻烦啦。"祖母仿佛笑着说了这一句。父亲嘴里叼着雪茄，似乎也呵呵笑了。我没有应声，更加一本正经地盯着窗外连绵的灯火看了起来。这时，车子向右转了个大弯，进入了一条格外昏暗的街道。我带着别离的悲愁，将乞求般的目光投向黑暗屋顶的彼岸。高大建筑上方依然可见皇冠般的一派辉煌景象。灯光犹如渐渐消隐的月亮，消失在屋脊背后。唯有朝霞般的烟雾始终布满天空。

冬日即将来临。一天放学之后，我因国语自主研究课布置的作业要查阅资料，向委员借了钥匙，走进尘封的文艺部活动室。这里的书橱上摆放着条目详细的文学大词典。我把那本厚重的词典摊在膝头上阅读。后来觉得好不容易摊开来，干脆连带用不上的信息一并浏览下去。回过神时，已是日近暮色，光线只剩水面反照一般微弱。我连忙收起书本走出房间。这时，走廊上传来一阵欢声笑语，伴随着杂沓的足音，一群人正拐弯向这边来。我逆着光看不太清楚，原来是橄榄球部的高年级学生。我随即向他们行礼。其中一人像冲撞一般，有力地拍了拍我的肩膀。"这不是长崎吗？"他说。毫无疑问，正是那个充满朝气、爽朗明快的声音！我感动得几乎要哭出来，抬头望向他。

　　"嗯嗯，是我啊。"——我一应声，众人一下子哄闹起来。"哟，是新宠啊。""好哎好哎。""伊村，这到底是第几个啦？"那个伊村经大伙一起哄，干脆说："长崎，一起来我们活动室吧！"他揽着我的肩头，想要带我朝橄榄球部活动室的方向走。高年级学生们越发喧闹起来，连推带搡地把我和伊村让进屋子。屋内满是杂物，无处下脚。一股浓烈的，又或者可以说是浓艳的复杂气味首先扑鼻而来。这种气味和柔道部的气味不同，是更加忧郁的气味，或说让人难以排遣的气味，十分强烈又带有些许迷幻的气味——和抽烟后总会让我心神不宁的某种幻想出的虚无气味（那并非烟草原本的味道）如出一辙。他们让我坐在快要坏的桌子旁一把快坏了的椅子上，伊村在我身旁坐下。他的椅子看上去比我的结实很多，可每当他动一动身子，就会发出悦耳的咯吱声。听到这响声，能实打实地感受到他的体重。天气已经冷下来，伊村却还穿着露膝盖的运动服，脸上和胸间尚未风干的汗水闪着光。大家拿我和伊村当话题聊了一阵子。伊村一边抽烟，一边颇有兴致地听着大伙打趣。他的态度看上去好像早已将我置之度外。抽着烟的除了他之外，只有一个人。我不时望向伊村强壮有力的臂膀，在众人面前极力装出一副幼稚的模样。我笑得那么大声，连自己都惊出一身冷汗。

过了一会儿，大伙说笑够了，伊村开始用他明亮的嗓音讲解今天训练的注意事项。大家又恢复了少年所特有的认真神情。我闭上眼聆听起伊村的声音来。而后又睁眼，看着他粗粗的手指间逐渐变短的香烟。我突然感觉喘不过气来。

"伊村学长。"我喊了一声，众人一齐看向我。我拼尽力气。"请给我根烟抽。"——高年级学生们哄堂大笑。他们中还有很多人没有抽过烟。"了不起，了不起！""这小子真行，不愧是伊村的新宠啊！"伊村一双浓重的流线型眉毛，微微歪斜了一下。但他爽快地从烟盒里抽出一支。"真的能抽吗？"他说着，把烟递给我。虽然一时间很难说清楚，但是眼下我对伊村所期望的完全是另一种回答。应当说，我把一切都赌在了这个唯一的正确答案之上。我这个不寻常的决心，以及促成这种决心的异样的苦闷感，都只是在这一期待之下产生的。然而往更大意义上讲，这份决心和随之而来的苦闷感，不正在于希求通过这个答案尽快决定我今后的生存方式，却又求之而不得的焦躁之中吗？对此，我已经无力顾盼了。我像一只言语不通的羔羊，只能直勾勾地凝望着饲主的眼睛，哭诉心中最大的悲哀。我茫然望着伊村——万念俱灰。

可是现在我已不得不抽了。果然，被呛得咳个不停。我因涌出的泪水拼命眨着眼，强忍住上涌的一阵阵呕吐感，固执地继续抽下去。我感觉自己的后脑仿佛被什么冰凉的东西紧紧勒住，透过泪光，我看到室内光怪陆离，高年级学生们的笑脸，犹如戈雅版画中古怪的人物一般。他们的笑容里已经失去了方才的明朗。欢笑的涟漪一经收敛，一种沉滞、痛楚的感情，在水底看得真切，像是在威胁着他们。当仿若冬夜的水面上噼噼啪啪地开始结起一层薄冰时，我感到周围的人们开始回过神来，用另一种眼神看向我。"算啦算啦。"人群后方有谁在低声嘟囔。这时，我才透过泪水，眼巴巴望向伊村。

伊村故意不看我，他以一种不稳定的姿势用胳膊肘支着桌子，浅坐在椅子上，脸上勉强浮现出微笑，死死盯着桌子某处。我看着他的这副模样，浑身涌起一股痛楚的喜悦感。他受伤了。我的喜悦源于此吗？还是说，当期待以一种悲剧性的、似是而非的方式实现后，又于瞬间化作虚无缥缈之物时，由一种不可思议的共振所带来的喜悦呢？

伊村猛然回过头来，冷冰冰地笑着。他迅速伸手，从我的指缝间抢走了抽剩下的烟。动作果决。"算了算了，别逞能了。"——他在被刀子刻得斑斑驳驳的桌子边缘，用力摁灭了烟头，说了声："天黑了，还不回家吗？"

——大家看我站起身。有人问："一个人回得去吗？伊村，送送他吧。"但明显是给伊村台阶下。我朝着不知什么方向鞠了一躬，出了屋子。走在灯线昏暗的走廊里，我感觉回家的路如同第一次长途旅行。

在这个不眠之夜里，我躺在床上，倾尽这个年龄所能想。那个高傲的我哪里去了？一直以来，我不都是执拗地祈求着做自己吗？而现在，我又为何开始真切地期盼做一个不同于以往的我的人呢？曾漠然觉得丑陋之物，忽又摇身一变成为美妙的存在。这一刻，我前所未有地感到，孩子这个身份竟如此可憎。

——当天深夜，似乎记得远方发生了火灾。失眠当中，我听到气泵的声音就在附近轰鸣，于是即刻起身跑去打开百叶窗。但发现火灾现场在距离城镇很远的地方。气泵的铃声在急切地鸣响，火星优雅地上扬，从远方眺望的火势，带着一种奇妙的宁静感。火焰次第浓烈起来，看着看着，忽而有睡意袭来，于是我胡乱关了百叶窗，回到床上安然入睡……

不过，这份记忆实在不很确切，又或许，那是在我当夜梦中出现的火灾情形也说不定。

春子 [1]

春子

> 麦莉塔：这就是玫瑰花吧。
>
> 萨福：想必这花儿，正在你的芳唇上怒放。
>
> 格里尔帕策《萨福》

一

佐佐木春子这个名字，人们还记得吗？想必在什么地方听到过吧。虽说不一定想得起来，但无疑给人留下了这样一种印象：几分华丽掺杂几分痛楚，正如演出结束后剧场前的滚滚人潮。是的，一个逝去时代里的女子的姓名，都会给人留下这样一种印象。

那场事件发生时，我大约九岁或十岁。家里人把报纸藏起来

1　此篇创作于 1947 年。

不让我看。因此，我只是朦胧记得这是早已不知去向的年轻小姨的名字。但四五年之后，当我有机会得知事情的原委，在我的少年时代，春子这个名字有了一种象征意义，好似以往理科课堂上西洋书中的插画里一种绚烂的花名，纵能想起又随即忘掉，却像一只驱赶不走的飞蛾，在记忆之上盘桓不停。逐渐地，这个名字凝结在了我的脑海里，宛若一朵镂金玫瑰，被深深禁锢在金属之中，只待涂上颜色。

况且，这个名字总是会不自觉地同我所有羞耻的记忆相关联，还有我狂放的好奇心，以及对于色欲莫名的尊敬之念。因此于我而言，这个名字似乎是一种禁忌、一句咒语。

所谓"春子事件"，在当时不过是再常见不过的私奔事件。我猜想，在一份满是仁丹和化妆品广告的报纸上，用大标题写着"伯爵爱女与专职司机私奔"，旁边刊登着她放大数倍的毕业照。我没有见过这张报纸，但那自然是一张出事两年之前的清纯玉照。然而不知何故，据说照片中的少女紧蹙眉头，郁郁寡欢。也许仅仅因为校园草坪上光线反射强烈，有些晃眼罢了。这只能让我感觉，一张毕业照却被用在一篇私奔的报道中，真是种微妙的巧合。毕业典礼的晚上，曾经的专职老司机在宴席上醉酒，后因脑溢血过世。他虽没什么财产，却每逢正月都要重新改写遗书。他在遗书里向主家推荐了一位自己最信任的年轻实习生，还说这位实习生虽有些莽撞，但年轻人总好过开车时突发脑溢血的人，于是这个年轻人顺利升任为佐佐木家的新司机。

春子虽是我母亲的妹妹，但实则二人同父异母。现在的外婆——春子的母亲——是外公的后妻。外婆虽原为烟花女子，但随着岁月流逝，铅华尽洗，露出美丽的纹理，养成一副洒脱的人格。

春子小时候胖得像桃太郎，被人们唤作"阿桃"。出落成少女后，曾经胖嘟嘟的体形紧致了起来，纤瘦而丰满，身姿绰约。她人见人爱，不但和男性朋友关系要好，和女性朋友也十分亲密。总之，和谁都相处甚欢。就好像只要是在她面前出现的人，都会喜欢上她。她自己也似乎从未想过会有人不喜欢她。

但自打进入女校起，春子不知为何，开始讨厌起市井男人。园艺师、商人、街头无赖、劳工……不仅是这些人，哪怕是有朋友炫耀自己年轻的家庭教师，也会使她皱起眉头。和朋友走在街上，当看到有店员打扮的年轻人摇摇晃晃骑着自行车回头张望时，春子的脸上就会浮现近乎痛苦的轻蔑表情。人们想，那她势必喜欢同一阶层中那些金玉其外的公子哥。可奇怪的是，据传言，她和这些富家子弟交往时，也只停留在表面的程度，连接个吻她都不答应。

就是这样一个春子，突然和司机私奔了。同学们反应强烈，有哭有笑，吵吵嚷嚷了两三日，就好像私奔的是自己。人们想起，当曾有同学评价说，如今已成为她丈夫的年轻司机油光闪亮的帽檐上映着蓝天，帽檐下露出洁白的牙齿笑的样子挺帅气时，春子撇着嘴角，显露出不悦的神情。

——这些传言的虚实已无法考证。总之，她和司机同居了，听说家中只有司机的一个年仅八岁的小妹。她虽然和这边的家人断绝了来往，不过外公有在偷偷接济着。

原本我所憧憬的，并非这种轻喜剧式的事件本身，而是后来的她，以及她谜一般的漫长生活。每当我于自己平淡无奇的生活中感受到痛苦时，就会想起小姨，憧憬起她那恣意不羁、女杂技师般寂寞又危险的生涯。

一个成为"新闻热点"的女子，命运究竟会如何？她终将被人们所遗忘。如此一来，她自己也会感到被过去的自己遗忘了。为何会这样？因为那个时候的自己，和人们的记忆相伴而行；如今的自己，虽然依旧执拗地为新闻报道的记忆所追逐，但当她出现于人前时，人们想起的不是眼下的春子，而是过去的春子。尽管如今的她用力凝视着过去的她，但过去的她不会再对如今的她投来目光。

一度津津有味谈论她的众多口舌，向她倾斜过来的无数只耳朵，还有贪婪地盯着她照片的众多眼睛，已经为春子的一生投下暗示。她或者遵照他们的愿望而活，或者朝向他们的失望而活，别无其他选择。她已经失去了自己的活法。

——然而，她真的不可能拥有别样的活法吗？一种虽非意料之内，却又合情合理的活法。我一直期待着、憧憬着她是这种活法的拥有者。

一切都落空了。我逐渐认识到，想象中的春子，早已不是我那位名叫春子的小姨了。春子回来了。丈夫战死，她带着他的妹妹回到了外公家。

佐佐木家的外公性格偏执，只因讨厌电话，直到现在仍坚持不许家里装电话。外公半身不遂许多年。这些年来他一直有个习惯，每天清晨起床，总会提出一个又一个无理的要求：把十年前辞退的仆人召回家里；让人花三天工夫，从仓库里找出 1902 年购于柏林的水手烟斗；同十五年前绝交的朋友重修旧好，还将一幅弗拉曼克的画毫不吝惜地赠予他；忽然想吃星鳗，派人跑遍整个东京，却只有定向供应店。简直像被什么附身了一般。一天早晨，他发号施令说：把春子给我叫回来。除我们家之外，许多亲戚都表示反对。可外公从来都是越被亲戚反对越来劲。我不知从哪里听说，人在九州的外伯公发来电报：坚决反对春子一事。结果外公欣欣然将电报藏在枕头底下，逢人就展示。外婆笑着说，真是奇了怪，看他那乐呵呵的样子，只有这种时候才像个慈祥的老头子。

昭和十九年（1944 年）初夏，为了见春子，除了定居在大阪的父亲外，母亲带着我和弟弟来到了佐佐木老家。战争开始后不久，外公就搬到了郊外居住。——前一天晚上，我几乎没有睡着。虽然整夜都在胡思乱想，却没有浮现熟悉的春子形象。我想起那位残忍的曾祖母，传说她将曾祖父宠爱的侍女浑身烧满艾灸，折磨得死去活来。我还想起地震时焚毁的佐佐木家惩戒石的怪谈。触犯家法的年轻家仆受到惩戒时，血溅到了庭院的石头上。从那之后，这块巨石夜夜啜泣，古怪异常……

春子立在门前。戴了皮手套的右手握着拴了德国产名犬幼崽的狗链——那是一只名唤沙克号的牧羊犬。她身穿宽大的灰色女裤，艳丽的花格夹克，挂着一串粗犷质感的白漆木球缀成的项链。牧羊犬乌黑的皮毛和夹克花哨的苏格兰斜纹格，形成时髦的对比。三十岁的她看起来十分年轻。说来也就是这些。

"哎呀，你们来啦？"春子对我母亲说。两个人都很冷静。

"我来给你瞧瞧儿子。"

"真是长大了呢。小宏已经从学习院毕业了吧？"

我为了掩饰失望，故意装出害羞的样子。

"没有，要到后年呢。"

"这位见到我好像很生分呢。用这种眼神看人，以后当心让你尝尝我的厉害哦！……姐姐，那你们先进屋，我遛遛这只狗崽子就回来。"

沙克号立即跑起来，牵着狗链的皮手套绷得吱吱响。不知为什么，我感觉自己的心脏也突然间紧绷起来。春子并不见怪，就那样被狗牵引着迈开步子，直到街口拐角处，她回头笑了笑。那不是亲切的笑容，而是干涸的美之下，毫无光泽、有气无力的笑容。

"为什么十年未见，她对我和小晃会这样漠不关心呢？"

"再怎么是妹妹，女人也还是妖怪。"母亲没有回答我的问题，嘴里说着这样粗俗的话，进了大门。

一切都让人失望。

幸好，外婆和母亲把家庭出现的这一事件巧妙地埋没于战争的混乱之中，她们故意装出什么也没有发生的样子。然而，我心目中的春子并非如此，她必须是一桩"事件"。（或许不知不觉间，我也学会那些报纸读者的看法。）她是祸事，是凶变，她必须拥有一种既威胁着我又能迷惑我的新活法。据说春子从来不提死去的丈夫，这种传言也是让我失望的一个原因。她似乎被卷入了周围的麻木不仁中，于是决定与之较个高下——小姨的这种处世之道，与我想象中易受伤害的活法相去甚远。

母亲不愿意在家中招待春子，而我整个夏季时常和同学出门旅行，因此几乎同春子没有交集。

说实话，这年夏天，我虽对春子感到失望，却一直记挂着与她初次见面时认识的春子的小姑子路子。为了躲避强制动员令，春子托我的父亲在公司里给路子安排了职位。虽说并非因为她是司机的妹妹，但我的母亲却像对待仆人一般对待这个少女。这一点我十分看不惯，心中泛起的对母亲强烈的憎恶感，让我自己也吃了一惊。

路子的打扮整洁利落，身上虽说不出哪里带了些乡土气息，但反而显得天真烂漫。她眉清目秀，笑起来恬静中又显活泼。她寄居在管家夫妇住的别栋里，这对夫妇没有子女，听说将来会收她做养女。

不知怎的，我就是忘不掉她。路子长着一张幼稚的脸蛋，但我看得出，她成熟丰满。无论是在语言表达还是在态度上，她都有些许笨拙，令人着急，所以大多时候沉默不语，但她那温暾的模样反而让我感觉到挑逗的意味。

虽说相识，但也并非每次去外公家都能见到。她不爱说话，我们二人没有什么机会交谈。不知不觉夏天就要过去了。

一天夜里，我突然醒来，担心她是否病了。我一时弄不清是梦见的还是醒来之后想到的。我只当是自己胡思乱想，第二天并没有去外公家里一探究竟。谁知，就因为那天没有去验证噩梦，各种倒霉的事情接踵而来：失手打碎了茶杯；电车要乘坐山手线，结果误上了京滨线；把东西忘在了朋友家里；丢了零钱包；削铅笔总是嘎嘣嘎嘣折断笔芯……最后没办法，我只能去探望路子，结果她根本不知道我暗暗为她所受的一番辛苦，正在忙碌中。路子见了我，客客气气地鞠了一躬，生分得像个路人。我一脸愤怒，满心幸福地回了家。偶然看到镜中的自己，那里明明是一副恋上了谁的花痴模样。

刚进入秋天，胆怯的母亲决定丢下在学校工厂义务劳动的我，带着弟弟疏散到 Y 县深山里的熟人家，在大批行李送到疏散地的前一周，母亲和弟弟出发去那里小住，算是了解情况。

二

……夏天过去了。但阳光比夏季平和的几日更加强烈。不经意间发现，燕子盘旋的情景已经很少能看到。

放学回家途中，在等短途电车的月台上，我看到两只燕子。它们无疑是不忍与这个季节惜别。燕子看上去是在过了铁道又隔了条马路的石屋屋檐下筑了巢。这两只燕子时而活泼地交错飞翔，像玩马戏似的描画出危险而明快的轨迹。它们蓦然展开双翅，又即刻合起，不停地绕着圈，上天入地，无忧无虑。燕子单纯明朗的灵魂，似要原模原样地印刻在我的心中。

我十九了。她不是才十八吗？从年龄上考虑，我好像被人抓到什么把柄似的，总是尴尬地红着脸。拖着这种悲催的年龄走在路上，就像屁股上被人绑了扫帚游街，简直忍无可忍。我在等待什么？其实自己心里一直明明白白。什么年纪就该干什么事，可是同样年纪的我没有这份信心。我就像一只追逐自己尾巴的猫，一个劲儿地原地打转。

然而，燕子似乎赐给了我一种轻快的教训。我想，要是赋予我少女般睫毛翻然的双眸，我定会朝着燕子飞离的方向深情眺望。燕子只留下一半让我灵光乍现的教训，便飞走了。

家里来了稀客，正是小姨春子。不巧的是今天家里没有人，于是她等着我们回来。——女仆告诉了我小姨在哪里，过去一看，却不见她的身影。廊下的藤椅在阳光的反射下熠熠生辉，藤椅之上放着刚开始编织的蓝色织物，闪动着细腻的光影。

明天就要运到疏散地的行李，堆满了所有的屋子。昏暗的行李堆对面，有一扇明亮的凸窗。从那里传来的女人的笑声听着耳生，似乎还夹杂着一个男人的声音，又或许是错觉。

我不由踏上通往侧房的铺着榻榻米的走廊，一个手里夹着烟、倚靠着凸窗、身穿阔腿裤的女人向这边犀利地瞟了一眼，我立即站住了。我看到一张刚刚上过妆的艳丽的女人面庞，就连户外的绿意映照在她脸上，那绿色也能被妆容所吸纳，变得服帖起来。在大脑反应过来她就是小姨春子之前，我不知为何，联想到一句奇怪的话："凡是船员的老婆，必定浓妆艳抹。"这句话是今天工休时一个朋友说的。当时听到这句话，我的脑海里浮现出鱼油一样腥腻的淫思。——像初次见面般，我狼狈地细细打量着春子的脸。就这样，才让自己的心情平静下来。

"哎呀，你回来啦？"春子说话时总像对着天空交谈。

我绝不愿意把这个浓妆艳抹的女人当作春子，于是决心只将她当成"小姨"。这样一来，我也不用害怕被她识破我的孩子脾性。为什么呢？因为小姨们总会不由分说把我们按照年龄来正确对待。

我啰里啰唆地对她说，母亲和弟弟去疏散地察看，不知道今天傍晚能不能顺利回来。刚一说完，小姨就在凸窗边上坐下，另开话题："好大的防空壕啊！"

"啊，还有一处是躲人用的。这个是一旦有紧急情况，可以把行李丢进去。也不知道到底有没有用。"

从明亮的户外光线中认出了我、同我打招呼的，是父亲公司东京支店的两名杂工。他们的工作是拆除侧房对面那座茶亭式的荒凉小院，挖掘一道四方形的简易壕沟。但这两个懒惰成性的杂工，搬动一块脚踏石就要歇息一小时，雨刚开始稀稀拉拉地下起来就要回家。

我很早之前就不喜欢那个高个子杂工，他身穿一件跑步衫，干起活来煞有介事，刚满十九岁就显得精于世故。他在背后对女仆说我幼稚，我知道后恨他入骨。这个年龄被人说幼稚，简直是奇耻大辱。他走到窗棂前，看都不看我一眼，嬉皮笑脸地喊道："夫人，又挖了五十厘米，再给根烟抽吧。"我听了一阵窒息。但更让我震惊的是小姨接下来的举动。春子将膝盖抵在凸窗上，一手扶着窗棂：

"那你可听好了。给可以，但这回只给你抽了半截儿的。和上回一样，要用嘴接哟。"

"我说夫人，您可真够狠心的，居然给咱点着火的啊……"

杂工说着说着，浑身燃烧起一种奇特的情欲，开始抖动起敦实紧致的腰身。他像狗一样，全神贯注等着那点了火的半支香烟抛过来。刹那间，我仿佛看到了某种刺眼的情景。想到这里，一种莫名的厌恶感使我转过头去。"来，准备好了吗？可以了吗？"春子肆无忌惮的声音，让我联想到栀子花香，那黏腻的声音，即便堵上耳朵也无济于事。

——我跑回自己屋子，深思熟虑了半个钟头又下了楼。这时，我看到春子坐在廊下的藤椅上，漫不经心地编织着什么，就好像她一直都在那里没动过。之前细细思量的那三十分钟，不过是我想办法为自己找个借口，以便下楼再去见小姨。虽说在我的这个年龄大家都一样，似乎一直被迫做着自我反省。其实，当我注视自己时，仿佛觉得是在注视着女人的脸孔，有一种生理性恐惧。我一旦在自己心目中发现"自省"的背影，便会安下心来，似乎寻到了烦恼的依据。总之，徐徐将我束缚起来的，是某种让人愉悦的痛苦。我再次揣摩着小姨似乎若无其事的言行举止，仿佛一下子明白了过来。刚刚所发生的情景，似乎从我这里引出了某种丑恶的共感。没错，这就像当初春子事件发生时，她的同学们兴奋异常，究其原因正在于此。我也许在春子的名义里梦见一种未知的热情，那是一种"纯粹的粗鄙"，恰如某种奔跑于炙热的原野上气喘吁吁地垂着灼热的舌头的野兽。

这种想法让我突然偷偷瞟了小姨一眼，眼神中充满与生俱来的过分苛责，就像被人识破自己年龄时的感觉。与此同时，春子当时说过的那句话历历在目："用这种眼神看人，以后当心让你尝尝我的厉害哦！"这实在奇怪。

"有人说今年秋天战争就会结束。也有朋友说小矶会组建什么和平内阁。不管投降还是干什么，希望越早越好。"

"哦？你讨厌战争？"

我想，小姨现在莫非要谈起战死的丈夫？我感觉自己的眼睛都在发光。然而，这种空想的期待连我自己都不抱希望。不知为何，我开始害怕春子提到她的丈夫，于是急忙战战兢兢回答她说：

"嗯，因为我们都自暴自弃了。"实际上，我一点也没有气馁，只是一到春子面前，就想找到自己堕落的地方，并以此为荣——我被这样一种天真的冲动左右着。

说话间，我一次也没向小姨问起路子的事，觉得这样不妥。说来奇怪，小姨也从未提起过她。

口头上不敢提路子，这证明你正恋着她——我心中的另一个自己在奚落我。然而，我就像个被迫做了首歪诗的少年，害怕现于人前。自己的恋情若是被他人看穿，这比被路子本人知道更可怕。这种虚荣心令我产生一种迷信，认为只要提起路子的名字，就可能被人看透。殊不知，不提路子，反而更会引起别人的猜疑。

院子渐渐暗下来，母亲和弟弟还是没有回来。女仆来通知洗澡水烧好了，春子先被请去入浴。

突然，我被浴室的方向所吸引，一时不知如何是好。我一味地开始冥想，热气或许已在玻璃门上结了露滴，变得又湿又重。木踏板还是干燥的。女人的足踝落在桧木踏板上，平滑的触感流露出今秋的韵味。浴室昏暗的灯光之下，女人的身体在暗影里旖旎娉婷，饱含悲哀与情思。揭开浴槽盖的响声，与洗澡水初次涌出的声音交相呼应。女人蹲下身子，热水浇到肩膀上，黯然闪光的水流接连不断地顺着她的肩头和乳沟流淌而下，一直流向阴影浓重的最深处……

耳边蚊子的嗡嗡声让我清醒过来。我觉得坐着的藤椅扶手上似乎有羽翅在扇动。一看，那里停着一只巨大的飞蛾，洁白的双翅上布满红绿斑点，我仿佛嗅到一种腐烂花瓣般病态的味道。我想把它赶走。正当我伸手去拿小姨留下的闪着银光的毛线针时，飞蛾差点撞到我的脸上，就那么匆匆飞走了。我的手中只剩下一根尖锐的银色毛线针。

当我看到美丽的女子在编织，看到灵巧的双手下编织而成的精美织物时，总能品味到一种奇妙的感觉。仿佛自己的想入非非，正享受着间接而深情的爱抚。

我的掌心暗暗记下了毛线针冰凉的快感。如今我正将这根温柔的凶器拿在手中，企图将它刺进飞蛾的身体——我已觉察到自己这一隐蔽的企图。

"你妈妈还没有回来吗？"

小姨从走廊拐过来向我搭话，那是刚刚出浴后温润的嗓音。我连忙将毛线针放回桌面，顺势扭头。或许是女仆事先准备好的，春子穿着母亲的浴衣。看到这一幕的我，毛骨悚然。现在已经不是穿浴衣的季节了，如果是当睡衣穿，莫非她今夜想要住下来吗？但我知道，这毛骨悚然之感不是来自这一困惑。她身穿我母亲的浴衣，仅仅是这一点就让我恐惧不已。那是一种道德上的恶心感，是孩子在梦中感受到的那种走投无路、切切实实的痛苦。

春子不明白。她浑身萦绕着浴后的香气，犹如花树经午后阳光的熏蒸而发散的气息。她在身前的椅子上一落座，就凑近蚊香点燃一支香烟，眼中闪耀的火影映衬着她纤长优美的睫毛。我眼睛一眨不眨地盯着她看。——四围陷入幽深的黑暗，此刻，眼前渐渐唤起甜蜜的幸福感。一种安心感忽而从我的心底升腾，我几乎笑出声来。

奇怪的是，这种安心感同样来自数十秒前给我带来巨大痛苦的那身浴衣。这一次，浴衣拯救了我迷乱的心灵，使我心生安逸，无论发生何事，我都不必再担心自己的感情误入迷途。如果说，先前的痛苦透过浴衣唤醒我心中最为平静不易动摇的部分，那么，这或许正是在火车中颠簸的母亲给予我的无声的庇护。

因灯火管制笼罩在暗幕之中的餐厅里，只有我们两个人一起用晚餐。无论饭中还是饭后，我都毫无拘束，以天真无邪的孩童心态面对着春子。过了十点，母亲和弟弟还是没有回来。小姨于是在楼下的客房里就寝。

我来到二楼自己的房间，钻进床上的白色蚊帐里。我没有马上躺下，而像往常那样先在床沿上坐了片刻，透过蚊帐百无聊赖地打量着昏暗的室内。正巧，巡逻机在屋脊上方轰鸣，想来那里定是一方月色清明的天空。我打了个大大的哈欠，嘴角都像要裂开，沉重的困意向我袭来。

一日之事尚未了断，当这一天即将结束时，我们仍与之有丝丝缕缕的关联。正因这种像投身其中的动物般的温热的无力感，那天夜里我睡得很沉，轻轻旋转门轴的声音不应当会惊醒我。然而，我还是醒了。就像在期待着那般。——月已沉，屋里一片漆黑。

"谁？"我问道。

没有回答。

我点亮枕头旁放着的管制用台灯，也只能朦胧看见门口有一团白色。

"谁？是妈妈吗？怎么了？"

它来到床边，我认出是母亲的浴衣。

"是妈妈吧……有什么事？"

距离我很近的地方，传来一种从喉咙里发出的音响，似乎在极力憋笑。蚊帐被猛地拉开，一个人影早已紧靠床边，站到了蚊帐里。我吃力地举起台灯一看，面前出现一张像船员妻子那般精雕细琢的脸。

"真是个胆小鬼，妈妈、妈妈的，小宏你究竟几岁呀？"

我明白了。虽说明白，但于刹那之间，我又陷入迷茫中，就像面对着旁人之事。一阵甜蜜的战栗感在我体内穿梭而过。

春子已将半个身子探上床，酸馊的被窝味掺杂着香粉的味道，形成一股家畜般的气味，弥漫了整张床铺。我看到浮现于微明中的窥视般的嘴唇，嘴里微微露出洁白的牙齿，每一颗都那么诱人。

脊梁又倏然流过一股战栗和悸动，我几乎无力支撑住手里的台灯。举着台灯的那只手,小拇指像小虫般频频颤抖,我甚至听得见它撞击其他手指时发出的响声。

但是这种兴奋,在我看见小姨穿着母亲的浴衣时,又转变成同样强烈的厌恶感。这又是一次难以忍耐的强烈的厌恶感——它转而迅速恢复成诡异的兴奋——厌恶又再次袭来。

我几乎喘不上气,一时竟萎靡不振起来。我依稀记得自己用沙哑的声音好不容易说出的那句话,但我却无法回忆起究竟花了多久才把它说出口。

"不可以……不要穿着母亲的浴衣。不能是那件浴衣……"

"脱掉行吗?嗯?脱掉它总可以了吧?"

她说服的语调听起来情真意切,这是浸润着女人智慧的动听声音,让人很难忘怀。那声音里不含一丝淫乱的味道。

春子说罢(她于何时解下了腰带?)身姿婀娜,母亲的浴衣从她浑圆的肩头上滑落。

三

我仍记起翌日清晨上学途中的街景。那景色给我留下空虚、清明而孤独的印象。街道两旁的树木在朝阳下闪着光,原本是秋日清爽象征的树林和建筑物等的阴影,竟也出现在因强制疏散而一半被毁的房舍不堪的画面中。女人们在车站旁举行防空演习,她们叽叽喳喳地练习运送漫溢的水桶,澄澈的水洒满路面。收音机店正在播放晨间新闻——官能的荫翳无处可觅，恰如小学教科书中的场景般，一派安稳祥和。回想起来，孩童时期总是带着这般清爽无邪的头脑醒过来。通往学校的道路上的场景，每天早晨都印刻在小学生的头脑里，那里就像经过认真收拾的明净小屋般一尘不染。微风掠过公园的树木，枝叶窸窣作响。我每每走到气枪店明亮的橱窗前，总也迈不开步伐……

——虽显冗复，但那正是孤独的印象。是一种即便没有被感谢之人谦逊中透露着得意的微笑作为回应，也可以毫不介怀地表示感谢的舒阔心态。那份感谢，永远是对我自己的感谢，而不是对小姨的。

话虽如此，母亲他们疏散几天之后，春子再次来访，那一夜比最初的一夜更加婀娜。

但是，我还是被遥远的呼唤"路儿"的声音惊醒。这声音暗示着我，让我觉得自己就是路子。这不是在呼唤丈夫的名字——这一刻，她不是在呼唤死去的恋人，而是在呼唤路子的名字。她的喊声唤起我一种负疚的情绪，这又是一种怎样的情绪呢？无论如何，面对这种急促的呼唤，作为路子的我，总想含泪予以回应。这就像穿过暗夜寂寞的荒原、向我奔驰而来的呼唤。我想起古代神话故事中讲到有人偶能听见冥界里来自情人的呼唤。这是一种带有动物本能的、能诱发对生的悲惜的呼唤。我听到自己从心底迸发出"嘎"的一声水鸟般的呜咽。而后，似乎感觉到路子恬静中又显活泼的笑容在我的嘴角浮现。

我想大概是自己还没有完全醒过来，尽管如此，我依然不得不相信自己就是路子。但，作为路子的我为何想要去回应如此悲切的呼唤呢？对此，我已不得而知——我点起了灯。

"路儿，啊，路儿！"

发出啜泣的是小姨。灯光让这一目不可视之物暴露无遗。对于快乐，那是必不可少的"罪行"；而为了快乐，它又是一直被掩藏、不予示人的隐秘——那是春子的脸。她正紧咬牙关，菩萨般半合眼睑，额头上青筋根根凸起，眼角流出的泪线濡湿了头发。

"你怎么了？"我再也看不下去，于是随即摇醒了她。仿佛丑陋的东西已尽数流去，她苏醒的美丽脸庞上，勉强浮现出微笑。

"我做了个噩梦，魇住了。"

就像平日里讲述梦中之事一般，她的语调平淡无奇。——至于她在梦里呼喊路子的名字，我丝毫没有提及。要说嫉妒，只能嫉妒变成路子的我自己；尽管如此，要说不是嫉妒，那也只能是因为我已经爱上路子而不再爱春子。我品尝到这样一种不可思议的纷杂情绪。

昨夜的梦呓让我再次想起忘却过一段时间的路子。那天是星期日，我和春子慢悠悠地吃着早餐。晨光恰好落在春子身上。我发现自己正在不动声色地细细打量她，极力想从那张脸上找到额头的皱纹、眼角的皱纹、唇边的皱纹、脖颈上的皱纹。我对自己有着成人般极其残酷的目光而产生快感。然而，我的眼里没有出现一丝皱纹，于是心中涌起强烈的愤怒感。哪怕找到一丝皱纹，我都决定要饶恕春子。至于饶恕她什么，倒还没有想过。

"为什么一直这么看着我的脸？"春子像驱赶苍蝇一样挥了挥手。

"嘻嘻，没什么。"我自嘲似的露出薄笑。这笑意令我自我怀疑是否真的只有十九岁。一种自甘堕落的喜悦由心底升腾而起。

第三次幽会已经无法进行下去。"不能这样，不是这个身子。"就像《十日谈》中那个本想上女儿的寝床却误入母亲寝床的青年，我一时间困惑起来。本该事后产生的动物性的悲哀却事先到来了。我当时的表情，肯定像一个苍白悲怆的慈善家。

春子似乎预感到了什么，她用下流的语调嘲笑我。我气上心头，差点就说出她那晚的梦话。我打发她回去，并没有像往常那样约好下次见面的时机。小姨独自出门离去的背影，我盯着看了许久。前院的秋日像凉白开一般宁静和煦。我并非不爱春子了。我难道不正是再次爱上了那个"春子"吗？我这样做到底意味着什么？是我把她赶出家门，让她得以解脱，重新回到女杂技师般寂寞又危险的生涯；还是在得到给人以快乐的船员的眼色后，当我明白自己停泊于快乐之港时，便因经不起诱惑而迫不及待地想要出航呢？

——春子主动站到请求者一侧，而我则站到了命令者一侧。比起提出请求，发布命令之于我是多么煎熬啊！春子不懂这一点，这让我焦急不已。命令一个比自己大十岁的女子，这样的立场绝不会让我感到自豪或是愉悦。相反，命令他人于我而言是一种羞辱。然而春子似乎始终不明白这一点。

"那你说该怎么办？"像我们第一次见面时那样，她有气无力地轻蔑地笑了笑。如今在我眼里，这是她最美的表情。

"你让我见一见路子。"我说。

"可以啊，这容易。"春子回答得很心虚。她的神态十分平静，似乎早已料到会如此。"她的朋友结婚，后天我们相约去买礼品，到时候你也一起来就好了。"

可以说，这是一个女人赏给被她夺去童贞的男子的专属好意。换句话说，她力图用这番好意抵消一切敌意和憎恶。

这天一早，下起了初夏常见的明净的雨。那是一个能让人联想到女人手中清凉的绢伞时心生悚动的清晨。

和美貌的女子相伴而行的男人看起来值得依赖，夹在两位女子中间走路的男人则像个小丑。为了让她俩看起来像我的姐妹，出门时我特意穿戴了制服和制帽。不打绑腿在外面行走，是我当时一种暗暗的自豪。

在 S 车站稍等片刻后，我看到一把明艳的杏黄色雨伞从郊外电车的站台向这边移动而来。她二人共撑一把伞（我站在角落里，她们似乎还没有注意到），雨并不大，但二人几乎脸挨着脸，靠得很近，连头发也分不清是谁的了。

毋宁说嫉妒，这番情景让我看得入迷，甚至忘记自己是来和路子首次幽会的。这给我留下一个极为愉悦的印象。

两人虽说挨得很近，但一把伞总也显得太勉强，随着她们渐渐走近，我看到春子握着玛瑙色伞柄的那只手已经被雨水淋湿，泛着白光，荡漾着一种冷艳和娇媚。二人姣好的面庞紧贴在一起，在明丽的杏黄色伞面的映照下，宛若盛满水果的篮筐。

二人一看到我，都浮现出笑意。我诧异于她俩的微笑竟那么相似！一个内向的少女，初次见面说起话来面颊本该泛起红晕，这也许可以成为分辨两种微笑的标记。然而，贫血体质的路子脸上没有一点血色。今天春子没有像船员妻子那样浓妆艳抹，看上去反而格外年轻貌美。路子呢，只是一副冬日玫瑰般轻描淡抹的妆容，将她略显脆弱的美装点得精致起来。然而，一旦陪伴在春子身边，她的美不过成了对春子之美的衬托。

怀着一种因恋着她而心生焦灼的寂寞之感，我和路子并肩坐在市内电车的座位上。沙子似乎正从指缝间漏下，我感到焦急难耐。这时，少女慢条斯理地开口了。她的口吻让我怀念不已。

"说起我的那个朋友，本是个疏散到茅崎的有钱人家的大小姐。她是个特别开朗的人。听说那天，她的未婚夫一大早来见她，大小姐竟穿着睡衣带他一起到海边去摔跤。可她的那位未婚夫偏偏对这种性格十分中意，交往了一个礼拜，两家就决定要举办婚礼了。"

她说起婚礼和未婚夫之类的话时，表现出少女般极其自然的关心，这让我感到开心。不过，我总十分在意方才她俩共撑一把雨伞的事，那似乎是对我的挑衅。于是我干脆问她，我的伞很大，回去时要不要一起走？却被少女反问要回哪里。"你还没到我家玩过吧？返程时请务必光临啊。""姐姐一起去我就去。"——这绝不是找借口，她说得理所当然。

——这样的雨天，很少见到有人逛银座买东西，除了我们之外就只有乡巴佬一样脸颊发红的士兵们。这些士兵带着一副欺压新兵时的好色眼神，贼眉鼠眼地打量着这对共撑一把伞的姐妹。

昭和十九年（1944 年）秋，正在实行人员疏散的银座大街，为了填塞空间，不知何时整条大街的橱窗都被华美的花瓶所占据，洋溢着一种不同寻常的奇妙氛围。空袭前这种空虚的最后的奢华，从名钟表店、七宝店[1]、古董店、陶瓷公司直营店到百货商场，一步步蔓延开来，所有店铺装潢华丽的玻璃橱窗里，都摆着难觅销路的巨大花瓶，璀璨夺目。这种经不起轰炸、只供观赏、又不便运输的物件，收藏在易碎的玻璃罩和橱窗内，此番光景酿造出一种人为无法干涉的妖艳风情。一种沉滞凝重的幻境、狂妄而华丽的虚无，在巨大华美的花瓶周遭摇曳。

雨停了，对面大楼的窗户闪着光，上面贴了装点门面用的防止爆炸气浪冲击的纸条。两个女子或立于花瓶前，或径直穿过去，或抬眼注视花瓶，又低头俯视……她们的绰约身姿让我百看不厌。这也给予我更为直观的快乐。一个人是不够的，一定要有两位女子并肩行走才行。少女身上的天蓝色夹克和小姨身上的绛紫色夹克，透过玻璃映在纯白清亮的陶瓷表面上。两个年轻的美人一旦靠近，那自然飘溢而来的赤裸裸的、不知节制的甘美，以及那种旁若无人、连神佛都无比敬畏的极致优雅，甚至连白瓷花瓶都被迷住了。

"没找到太合适的，我们再随便逛一逛吧。"春子的话将我惊醒。今天是干什么来的？到银座之后，我和路子不还一句话都没有说上吗？我不是眼巴巴地想要见到路子、靠近她，和她聊聊天吗？——我从梦中被叫醒后，看到姐妹两人终于在里巷买到两只带

1　专营日本珐琅彩工艺品"七宝烧"的商店。

有少女感的花瓶，花瓶的颜色像是浅朱鹮红又很难说清楚。这时，我才仿佛从真正的梦境里醒了过来。

"为什么要买两个一模一样的花瓶？"

"成双成对嘛。"春子答道。

邀请她们去我家，那段坡道就得由我帮拿东西。我想，如果这样倒不如干脆买那种几乎拎不动的更重更奢华的花瓶。既然是帮路子拿东西，自然越豪华、分量越重越好。

走出商店又下起雨来，云朵间显露出的晴空缝隙折扇般地闭合了。

她们同意到我家来玩。寻找花瓶的这段时间里，我的心境发生了变化（或许这是春子的诡计也未可知），似乎没有春子我就无法再见到路子了。走出车站，雨越下越大，两个女子光凭春子的一把女式伞，身子快被浇透了。于是我顺势让路子来到我的男式伞下。可是我家门前的坡道陡峭难行，为了躲避一辆滑下来的自行车，路子不小心绊倒了。我左手拎着花瓶，右手握着雨伞，一时很难将她扶起。她那样子似乎是轻轻坐在了地上，自行车过去之后，一瞬间不知如何是好。我眼看她站起身来，手撑膝盖，像水鸟般垂首而立，不由吃了一惊，急忙喊来随行身后的小姨。

——其后，我已记不得如何将她带到了浴室去。只记得兴冲冲地一通忙活，心情无比欢畅。

我或许是把左手里的东西猛地塞给了小姨吧？然后急匆匆地生怕被人抢了先，不顾路子一瘸一拐，挽起她的手臂就向家的方向快步走去。看到她下半身沾满泥水，我似乎产生了某种雀跃的感情。

一到家里，我就把追上来的春子用这种话关进了客厅：

"你在这里等着，药和绷带我都知道在哪儿。"

路子站在浴室踏板上惶恐不安，就像一个和别人打架、弄得满身泥水的孩子，一动不动地等着我拿药和绷带回来。

"伤着哪里了？得赶快洗干净，要不会感染细菌了。"

路子默不作声，她好像有些犯困，也没有脸红，就那么慢腾腾地卷起了裙子。她穿着像是男式的混纺毛线袜，长度到膝盖下方，早已满是泥污。沾满泥水的膝盖上似乎有些擦伤，白嫩的大腿看上去宛如梦幻般白皙。她将膝盖伸向水龙头，洁净的水流猛冲下来，眼见着露出玫红色的紧致膝头来。那附近柔软的皮肤上有一处很大的擦伤，经水一冲洗，如今清晰可见。流水冲洗时呈现些许桃红的地方，待水流偏向，鲜红醒目的血立即渗了出来，染红一片。

"好美啊——出血了。"

一种新鲜的感动萦绕胸口，我真想立刻将手中的药和绷带抛向那里。几个星期来面对春子时产生的沉郁心情被涤荡殆尽，仿佛当头棒喝般，让我重新振奋精神。我感觉，自己从这血色之中又重新找回了失去的东西。

四

在外公家里不能大声说话，后来一段时间，我们只好在我家或一同外出会面。往明里说，春子同意把我引荐给路子，是作为有求于我的报偿，可奇怪的是，自那天之后，她却不再求着我了。她总是同路子一起来，孩子般地玩耍一阵，两人又一起回去。她们说，光吃女仆做的饭我都消瘦了，一定要把我养胖，于是姐妹二人总是变着花样给我带好吃的点心和饭菜来。不知为何，我对自己十九岁的这个年龄似乎特别满意，就像一个孩子，越是临近被催促上床睡觉的时间，越是疯玩嬉闹。大家严格遵守游戏规则，其中一条规则是，姐妹二人只字不提的过去之事，我也绝不能打听。事实上，对于春子而言，私奔事件在她的生涯中所起到的影响，远小于人们的想象。那些貌似有着特殊意味的过去，早已变成温顺的猫咪，总是在女主人的手边昏昏欲睡，它能做的，至多不过偶尔微微睁开眼来，轻轻舔舐女主人的手心罢了。

从某一刻起，我的记忆染上了错乱的色彩。那种一旦我明白身陷其中则应旋即逃离的"快乐"，那种从第三者立场上看，令我神魂颠倒的"快乐"——它利用我最容易接受的路径开始向我发起进攻。于我而言，那是一条再容易接受不过的路径，但仔细想来，我却不知如何阐明。

事情是这样开始的。三人打麻将的时候，洗澡水烧好了，我早已习惯先请春子入浴。

"……嗯。"春子似乎有所迟疑。

庭院在夕阳的映照之下，干枯的菜园宛若金黄色的花园一般。路子像拿玩具似的把麻将牌握在手里，望向空无一物的庭院。已经站起身的春子，并没有走出屋子的意思，而是像初次看见般，好奇地注视着百宝架上的雌雄双鹿。

这时，我的心里产生了一种奇特的情感。我确实想让春子先入浴，这样一来就能和路子单独相处，但我又觉这种做法既十分危险又不甚妥当。而且，这种不安的情绪似乎来自那种期盼被别人看着的异样的欲望。

我伸手戳了一下路子的肩膀。手指感受到一种像是要被吞噬的弹性。一瞬间，我怀疑起这个少女是否真的纯洁。

"发什么呆呢？快去洗澡吧，和小姨一起。"我极力显露出一副恬淡的模样，口中却说着和自己的愿望相反的话。

"那好吧。"少女望着对面纹丝不动，语气懒洋洋地答道。那时，我无意间瞥向小姨那边，看到春子的眼中发出放肆的光芒，脸上迸出的喜悦之色令她面目扭曲。我心想："糟了。"

——那一刻，我最大的心愿莫不过把同春子一起走出屋子的路子一把拉回来，但我还是控制住了自己。这种自我克制，让我于此刻无比陶醉在痛苦的甘甜之中。

我倚在桌边失神凝望。匍匐而入的夕阳，映照在桌面上打麻将时垫衬的毛毡上，细毛闪耀着金光，一根根影影绰绰，甚是可爱。春子初次来到家里时，我曾用一种纯洁所能容忍的淫乱的好奇心，随心所欲地想象着浴室中的她。如今，我已失去了那种带有淫乱本性的清纯。我把那对姐妹驱往浴室，心中也有对那不复再来的纯洁的强烈憧憬。然而，我的想象力一去不返。我完全想象不到，浴室里究竟发生着什么。那里一片漆黑，仿佛什么都没有发生。也不会有出浴后亭亭而立的雪白的肩膀……

这场澡洗得无比漫长。其间，我从浴室门口经过时，听到里面传来一种奇妙的声响，其间还夹杂着似啜泣又似欢笑的声音。这时，廊上突然响起杂乱的脚步声。我慌忙起身打开推拉门，一股噎人的浴后蒸汽扑面而来。春子含着莫名的笑意朝我使了个眼色。我看见春子的胳膊和身旁路子的胳膊紧紧挽在一起，不由得心中一惊。而后，当我注意到路子那张露出让人生怜的微笑的脸，竟如麻布般毫无血色时，我又战栗起来。

"是脑缺血，很轻。让她在坐垫那里躺下，睡一会儿就好了。"

我端来葡萄酒，春子问我毛毯在哪里，就到侧房去拿。

春子去侧房打开壁橱、找到毛毯再拿回来，虽说不会太久，但对春子马上就要回来了的恐惧，时时刻刻激荡着我对路子似乎早已忘却的爱意。要让春子看到才好。我急切地想趁春子不在时做些什么，其中却又包含着希望春子快快回来的莫名希冀。我的脸凑向路子的脸。我感到她的脸像陶瓷一般冰冷。那张脸庞像死亡一样魅惑着我，当我凑过身去的那一刹那，我已不再是我。

春子抱着毛毯急匆匆走了进来。

"喂她喝酒了吗？"

"不用了，我已经没事了。"

路子清晰的回应让人扫兴，我吃惊地端详起她的脸。她的双颊竟然红润起来，睁开的眼睛含着笑意，转而仰望着小姨道：

"我要起来了，快，扶我起来。"

路子肩上裹着毛毯，倚着姐姐在餐桌前坐下。她什么也没有吃，只浅尝了一点葡萄酒。她的面庞比平日更加明朗，整齐的牙齿第一次显得这样洁白。她不时将脸靠着春子的肩头，紧紧闭上眼睛，这时春子也露出醉意朦胧的样子。路子又突然睁开眼睛，说着喂我一颗糖煮栗子。

让人从琐事中选择原谅的异样柔情，地震发生后一家人重又其乐融融的温馨氛围——它们能令所有人变得盲目。单纯的友情有时看起来像是爱情，爱情有时也会被当作友情。在每个人重新戴起自己珍贵的面具之前，恶魔总是神不知鬼不觉地一点点描画着面具的边缘和嘴角。在我眼前，春子正用筷子悬悬乎乎地夹起一颗糖煮栗子，往路子的嘴里送。我看着她的手，没有丝毫的妒忌之心，反而觉得春子醉意朦胧的样子楚楚动人。这也许正是恶魔重新绘制的面具在作怪吧。此刻的春子之所以如此美丽，是因为路子让她心生醉意。假若是其他男人让春子沉醉，那么映在我眼里就断不会这般美丽。可是，当想到这个"其他男人"可能是我，我又一时间无所适从起来。

"刚才我从浴室门前走过时听到有哭声，是谁在哭啊？"我冷不丁地问了这一句。脸蛋贴着脸蛋的姐妹瞪大眼睛，又紧贴着脸一齐看着我。我想起了雨天里两人合撑的那把伞。

"谁也没有哭呀。"

"姐姐可别想糊弄。我来告诉小宏，姐姐洗澡时，总会因为想起死去的哥哥哭，像光着身子的婴儿在那里哭。"

这是路子第一次提到死去的哥哥。不管她说的是真是假，对于训练有素的我来说，很害怕触及这个话题。我不由得联想到路子在茅崎的那位朋友，于是想借这个笑话蒙混过去：

"原来是这样啊。我还以为你们两个在比赛摔跤，不知谁擦破了皮疼得哭呢。"

姐妹二人听罢，噌的一下涨红了的两张脸蛋，面面相觑。而后，嘴角边荡漾起妖艳的微笑，那微笑与犯了错的女人十分相衬。

——当晚过了十点，春子和路子回去后，一种平时少有的甘甜温热的情绪萦绕在我的心头，让我心神不宁。那天夜里，我梦见她们比赛摔跤，姐妹二人温柔地双腿交叉，像狗一样立在那里。她们都穿着女杂技师的衣裳。

似乎隐含着某种欺骗，却又颇为愉快的秋日就这样一天天过去了。一日，我到东京车站送别出征的同学，他那位丰满、健康、爱笑的未婚妻也来送行。载着未婚夫的列车开走后，她还是吃吃地笑个不停。我也希望有个爱笑的未婚妻。两个人提起早晨想笑，提起有人从丸大楼跳了下来也想笑。

恰好第二天，我偶然看到了让自己的愿望得以实现的可能性。平时总是和春子一起来的路子，傍晚独自一人来了。她从院子里进来，看到在客厅阳台上读书的我，问道：

"哎呀，姐姐呢？"

"我不知道呀。"

"她已经来了吧？从你的表情就看得出。"

"那你就各个屋子找找看咯。"

"哎呀，怎么回事？她从来不会抛下我一个人。"

这话听着有些奇怪。"从来不会抛下我一个人"，就是两人一直做伴的意思。可是同在外公家里有这个必要吗？见我面露疑色，她解释说，她们今天约好在车站碰头，但春子途中临时要去办事，路子只好晚到半个小时，她想大概春子已经先来了。看来今天的事是真的。但随着我刨根问底，路子只好故伎重演，像以前每当走投无路时狡黠地眨巴着妖精似的双眸那样道："那好吧，我实话对你说。"

原来去买花瓶的数日之后，路子离开了窄小难居的佐佐木家，搬进春子给她找的一间公寓。春子虽依旧住在佐佐木家，但她怕路子寂寞，每周必定会来公寓住上四天。只是娘家人顾及体面，一旦追究起来没完没了，所以在娘家人中，毋宁说是我，就连她母亲我的外婆，也并不知道公寓的确切位置。不过据路子推测，春子会在安顿停当后瞅机会自己告诉我。听路子的口气，一切全权掌握在春子手中。

我猜想路子不会轻易把公寓的地址告诉我。然而更让我担心的是，小姨一旦此时从背后现身，我将失去与路子单独相处的机会。

"要不要到楼上来？"路子默默随我来到二楼我的房间，她来这里借过几次书。春子会不会马上就到呢？惶恐之间，我感受到路子身上漫溢着一种危险的媚态。没有说上什么话，一个小时已经过去了。路子开始窸窸窣窣地不安起来，而我正无聊地盯着她那身熟悉的西装一个劲儿地看。我想，一旦不再担心被春子看到，我对路子的欲望也会随之萎靡。

辽阔的晚霞景象映照着敞开的窗户，高台下面大街上的市井之声，变成寂寞、晦暗而又愉悦的无数声音的微小颗粒在空中乱舞。这些颗粒中夹杂着附近连队军号那响亮圆润的颗粒。——我百无聊赖，走到书架前随手抽出一本书翻看着。路子坐在我的书桌前一味地乱画。两个人互相看不到对方的脸，反而让我们像平常一样快乐。

"哎呀，是鸽子在扑棱着乱飞。""每天一到晚上，就能看到有人站在屋顶上挥舞旗子。"——路子没有回答。只听她轻轻叹了口气，还有撕破纸张的声响。接着，她自言自语："怎么还不来呢？姐姐……"

本该即刻给我伤害的嫉妒没有袭来，这反而让我有一种受伤的感觉。我沉默不语，有的只是一种奇怪的共鸣的伤感之情，就像想要回应梦中唤醒我的"路子"的喊声那样噙着泪水的共鸣。我觉得，一直同我在一起等待春子的不是路子，而是我自己。路子的心情过于清晰地映入我的眼中。路子被关在这间男人的屋子里，仰望着暮色苍茫的天空，心里一直呼唤着春子，对此我无法置若罔闻。而且我可以断定，感知到她的心事，这绝不能单纯被定义为恋人的直觉。

我极力想扼杀这种愚蠢的感情，然而不论如何扼杀，还是无法达到目的。暮色如猝然倒地的病人般骤然到来。想到今夜独自就寝的寂寞和黑暗，我开始坐立不安起来。路子依旧坐在椅子上，像仰望柱子上的挂钟般，抬起那张毫无表情的脸仰望着我。她的眼白看起来泛着水蓝色。我把手搭在她的肩膀上，感到她的肩在颤抖。我把嘴唇凑了上去，她的唇用一种可爱的力量回应了我。

黑夜不知何时已降临到房间里。路子胆怯地做着回家的准备。我没有挽留她，也没有送她到车站。

尽管如此，那却是一次并不愉悦的亲吻。或许是因为，那是路子想要安慰今夜寂寞独寝的我，才给予的赏赐吧。"不是这样，不是这张嘴唇的味道。"我的嘴唇不满地嘀咕着。于是，我蓦然想起和春子第三次幽会时那个不堪回首的夜晚。"不能这样，不是这个身子。"如此不合时宜的联想是从哪里来的？莫非是方才从和路子的初吻中，尝到了春子的味道？这是对于一个正常人而言难以接受的想法。

第二天，同路子一起过来的春子，趁着路子出去的时候，脸上再次浮现出那种无力又典雅的微笑，用一种与此极不相称的干巴巴的语气直接问我："我听说了，小宏，你昨天亲了路子是吗？"我的脸腾地红起来，一时不知如何作答。等到最初的狼狈过后，接踵而至的感情完全和预料相反（不用说，我以为紧跟而来的必是令人恶心的不快和愤怒），我的心中迅速涌现出一种新鲜生动的对于昨日接吻的追忆，我开始重新咀嚼起那个被春子看到的吻来。接着，这种联想又忽地变成初吻后持续数日充满诱惑的酩酊记忆，又演化成下一步欲望尚未实现的痛楚。后来我诘问春子，路子的住所藏在哪里。"很快就会告诉你。"春子道，"只等路子点头同意。"

从那时起，"告诉我路子公寓的地址，我要去玩"这句话就成了红着脸提出要求的同义词。出乎意料促使其及早实现的，正是秋末最美的那一天里，突然响起的第一声空袭警报。

"明天一定告诉你我公寓的地址。"少女说。这意味着路子答应了。恐怕这也是在那个让人无法看透的春子难以理解的授意之下。

对我来说，每次到学校工厂劳动都有必要的意义。那天整个上午，我在家里等得实在不耐烦，便去到工厂拼命干活。我想真该从昨晚开始一直干个通宵。午后一点左右离开工厂回了家。女仆说："她们刚来没多久。哎呀，到哪儿去啦？"屋里有脱下的低调的丝绸劳动裤，叠得整整齐齐。"是今天夫人穿的衣服。她脱下劳动裤，我一瞧，是很醒目的古代紫呢。"女仆也懂些时髦的词。"我到庭院里去看看。""不用了，我去找吧。"说着，我换上胶底鞋去到院中。

菜园已经失去了绿色。草坪上布满枯草，呈现温暖的土黄色。万物静寂的秋末，犹如断了弦的古琴。落叶挂在泛黑的鸡冠花上。走过侧房前的防空壕，来到与厨房和浴室相邻的里院，再向左一拐，隔着树丛是一片一百坪的小空地。父亲住在东京时，这里是养狗场，每天一早，不管晴天雨天，饲养员都会端来满满一脸盆鸡头喂狗。父亲去大阪后，这里的犬舍被拆掉，改成了花坛。或许是犬粪肥地，多难养的花也能在此盛开。如今这里成了菜园，由住在后面出租屋里的一对老仆人管理。曾经的花园角落里还残存着一间破败的大温室，玻璃几乎没有损坏，冬天可以在那里晒太阳。我经常坐在一把对它产生了感情的破椅子上沉醉于冒险故事。不知为何，我觉得那对姐妹正在这里。我蹑手蹑脚地走过去，想要吓唬她们一下。一只肥硕的蟋蟀跳到我的膝盖上。房门紧闭着，但刚好可以从坏了的门的缝隙里窥探到里面的情形。春子坐在草丛里的椅子上，面向玻璃屋顶，似乎正在看一本杂志。她身穿印着碎菊花的紫色和服，系着素色的丝绸腰带，和平日里的春子判若两人。路子依然和往常一样穿着一身西装，她站在椅子后头，双手绕过姐姐的双肩，像是在看同一本杂志。然而，或许是阳光普照的缘故，那姿势就像背着一个溺死鬼。路子忽地侧过身去，双手仍然挽着姐姐的脖子，从稍远处凝视起春子雪白丰腴的脖颈。她凝神注视了许久。不知不觉间，她的面颊至耳际渐渐泛起红潮，忽而像失重一般，猛地将脸贴向姐姐的脖颈。而后，她像一只钻进草窝的小狗，沉重地抽搐般地摇着头，用前额摩挲着春子的秀发，又用双颊和下颌，磨蹭起春子白皙的颈项。她那双睫毛微张的美丽双眼，此刻眼角里似乎沁入了幸福的微笑。她忽地闭上眼睛，将嘴唇用力吻在颈项的肌肤上。春子仿佛对这一切毫无察觉，她低垂着同样修长的睫毛，纹丝不动。在大约半分多钟的时间里，两人一直保持着这样的姿势，一动也不动。只有少女将纤细的手指轻轻拢起，微微震颤着，抚摩着春子的肩膀。大约过了半分多钟，春子如梦初醒般仰起头，却依然闭着眼，她举起双手摸索到路子的脖颈，粗暴地将她的脸拥到自己面前。路子一扭身，左手重重戳向春子的双膝之间。而后，她用那只左手迅猛地掀起姐姐的衣角……

看到这里，我几乎要疯掉。我不知道是从哪里、又是如何跑回家里的。一进到楼上的书斋，我立刻锁上几个月从未落过的锁，一头栽到床上，好一阵子直喘粗气。我决心闷在屋里不吃不喝直到天亮，不管谁来敲门都不会开。

那对姐妹似乎在这期间回去了，至此久久断了音信。

五

然而，我的情绪并未就此了结。我还不曾了解过路子的身体。
"不能这样，不是这个身子。"我猜想，路子是否也有着一具能让我
如此叫喊的身体？这样一种不安和畏惧至今还留在我的手心。对于
此种不安和畏惧的好奇心，甚至对于破灭的强烈好奇心，依然归我
所有。何况，那日温室中的春子和路子是多么美丽、满怀柔情啊！
那情景曾一次又一次入梦。

我已下定决心。整整三个星期的无声忍耐，几乎令我憋闷至
死。终于，我来到了佐佐木家。这天清晨拉响了两次警报，天气阴
霾又清冷。可是等到坐着郊外电车，摇摇晃晃来到外公家时，我就
像沐浴着阳春三月的暖和天气，阳光灿烂，薄冰消融。听说春子刚
刚遛狗回来。她正坐在廊下织着什么。沙克号还陶醉于散步的兴奋
中，嘴里咬着衔来的木片，转眼抛出去，又远远吠着跑去捡拾。身
体像运动员一样柔软灵活。

"哟，来了稀客。"春子说着，脸都不红一下。她织到一半，用
两根手指迅速数了数网眼，随即让出坐垫，将双脚垂在廊缘上，劝
我坐在那枚扎染坐垫上。调皮的沙克号悄悄咬住了春子穿着袜子的
脚趾头。几个月来的相处中逐渐贴近的沙克号的心和春子的心，将
一个女人和一只狗散步时的孤独感，让整个家族成员历历在目。狗
只对孤独的人献出真心——我又陷入了感伤和优柔的情绪之中。我
感到自己对春子似乎有所期待，甚至感到自己就快要将邀春子今夜
来住的话说出口。

春子似乎察觉到了什么，她的眉宇间流露着忍耐时才有的一丝严肃，又于倏忽间化成有气无力的干涩的微笑。"今晚你去路子那儿吧。我本来约好八点去的，就请你代劳了。"她若无其事地说道。这是我第一次看到她眼里闪耀着旧日那种诡异的光辉。她对我发号施令，就像她的过去正是我的过去一般。她这样做，不正是于此时此刻想要成为那个真真正正的"新闻热点"女子吗？她想把那桩已经了结的事件的意义，再度转化为她生的意义——春子要去我的手账本，在上面画了前往路子住所的路线图，这期间，我朦胧地追索着这样的思路。我扪心自问：今晚上我真的想去路子那里吗？我的内心用不怀好意的眼神盯着我，却不曾回答。

昏暗的电车里，稀稀落落地装着几张阴暗的面孔。兜兜转转换乘了两次电车后，我在一座桥的岸边下了车，从那里听到初冬时节流动的河水清脆的声响。空袭还没有在夜间发生过，于是可以专心眺望璀璨的星空。沿河房舍之间逼仄的小路，一侧是神社的树林，随处都是挖掘防空壕堆起的积土，走起路来十分不便。走了一会儿，我总算看到了用大青石砌成方格花纹的那栋公寓的墙壁。

这是面朝河岸位于二楼的一间屋子，房门是装修时用的劣质三合板门。我正要敲门时，门被啪的一声用力打开，迟钝的房门发出吱吱嘎嘎的怪声。进到屋里，发现里面垂挂着厚厚的遮光窗帘，彼此的脸都隐没在黑暗之中，模糊不清。

"是小宏吧？"黑暗中传来一个异常沉着的声音。"嗯。""是姐姐让你来的？""嗯。""是吗？那就行。"我从没有用"嗯"回答过路子，但考虑这种应酬过于神秘，我想不出其他的回应方式。我任由她摆布。路子悄悄转到我身后，帮我脱下外套。她是如此地熟练，我不由得联想到，在这个房间里，她曾经给多少男人脱去过外套呢。

掀开遮光窗帘一走进去，就可以知道遮光效果有多好，六叠榻榻米大的室内异样地亮堂。她穿着彩虹色看不出花纹的、稍显短小的锦缎和服，套着同色外褂，系着土黄色的整副腰带。

这是个神秘的房间。屋内的一切都两两成对，就连衣橱也不例外。而且，所有的家什摆设和坐垫，都有一种打破了色彩均衡的令人生厌的色调。倘若是无意识的古怪趣味尚因无知可以饶恕，但这里的东西充满了被强加的古怪趣味，恰似一个极富鉴赏力的人故意搜集一些专门违背自己高尚情趣、充满偏执的古怪趣味。这里所追求的不是美，而是其他。它们似乎是遵照一种非美而具有新的诱惑力的标准挑选而来的。屋内散发着一种既不是香粉也非马厩的，印泥般败德的气味。路子冷静地去烧茶，又拿出柿饼来，不停地忙碌着，冷静的动作间带有某种仪式感。她拿出花里胡哨又显廉价的茶碗和碟子，那样式看起来不像是五件套，而是两两一组买来的。我们二人几乎还没有正经说上一句话，路子依旧不声不响地干活，她洗好盘碗去沥水，接着又打开壁橱，慢悠悠地取出被褥，在我的身边一一铺好。仿造友禅织的盖被颜色也让我陡然一惊。"怎么，就一张床铺？""一直都是这样啊，我和姐姐睡一块儿。"她像小鸟一样可爱，却恬不知耻。

她拿着睡衣走进遮光帘后，又随即扔过来一件。"换上吧。"这是一件白纱布上染着藤花的女式睡衣，手感滑滑腻腻，像是随时会从手里溜走，上面留着肌肤的温度。我不愿在路子面前换衣服，所以连忙脱光，将那件滑溜溜的睡衣套在身上。路子从遮光帘后面走出来，身穿一件一模一样的藤花浴衣。换上浴衣突然开心起来的她，端来威士忌，放到矮桌上，支起双肘。

"我可什么都知道哦，就连你和姐姐的事也全都清楚。呶！"她指着门楣上死去的哥哥的照片说，"哥哥做的事我也全都知道，但我行事从来没有违反过姐姐的意愿。姐姐让我做什么我就做什么。今后也是，只要姐姐一声吩咐，我什么都可以做。就连你，也是姐姐下的命令，是她让我喜欢你的。"我不知作何回答。"啊，窗外有奇怪的声响。""那是河水的声音，河里流淌着许多东西。"

我穿着同样花色的女式浴衣，和路子面对面坐下。我感到体内涌动着一种无所畏惧的女性般的温情，一时间不知廉耻为何物。路子揭开镜子上的碎白花扎染盖布，坐到妆台前，将各种小瓶小罐一一打开。"我呀，睡前特别爱化妆。灯光下的自己看起来更漂亮些。我和姐姐两个人总喜欢在睡前玩化妆的小游戏。来，我们一起来化妆吧。""好啊，我这就去。"

我站起身，衣裾下垂，险些绊倒。

镜子前摆着一对花瓶。是上回在银座买的那对浅朱鹮红的花瓶。上面用鲜艳的红色胡乱涂写着春子的名字，那一定是路子无聊时用口红写的。但路子对此并没有说什么，她一时兴起似的说：

"我给你涂口红吧。"

"给我？"

"哈哈，这里除了你还有谁呢？"——是的，除了我没有任何人。然而，果真没有别人了吗？

我像侍童般跪下，闭上眼仰头等待着。我感觉路子调整了一下姿势，然后用我似乎在哪里已闻惯了的散发着香味的温热臂弯，静静搂住我的脖颈。她双膝跪得不很稳定，时不时地微微摇晃着。我知道她在用右手举着口红。她那似在燃烧的脸庞，与我贴得很近，像一朵于无形中绽放的巨大玫瑰，我感到她的气息和我的气息化为一体。

我忽觉一阵疼痛。那痛感定是一种错觉。慵懒厚重的触感在我的唇间传递，描绘出一条温暖的线。我的唇纹偏向一旁，麻木的双唇显露出严肃的神色，开始做起一场或许连神佛都不敢直视的梦来。

就这样，我感觉另一张唇附到了我的唇上。

日食 [1]

日食

妙子聚精会神地读着晨报上关于日食的报道。稚内 [2] 今日晴空万里，定能清晰地观察到日食。据说，到时整个大地会笼罩在下午五点左右的暮色之中。

说到日食这一天，总会让妙子觉得像是自己的结婚纪念日一样。前年五月九日的日食那天，正是她和松永的结婚翌日。

松永因战争双目失明。当妙子提出要和他结婚时，父母亲朋都震惊不已。人们说，她是伤感之下的一时冲动，但事实上，妙子并不是个多愁善感的人。她只是比起一般人，占有欲要强一些而已。

当时的妙子已怀有身孕，父母只能让步。但当迷信的母亲发现，依老皇历选的良辰吉日，竟是日食发生的前一天，她又对这个巧合抓心挠肝起来：

1　此篇创作于 1950 年。

2　北海道北部城市。

"晦气，真是晦气。撞上日食也太倒霉了。"

"哎哟妈妈，您把日食和凶日一概而论啦。碰上这样的日子有什么不好呢？连太阳都要给松永面子，暂时盲目呢。"

"我算服了你了。这是哪儿来的自信呀。"

婚后第二天，热海山腰上宾馆的庭院中，妙子回忆起这段对话，莞尔一笑。

在她身旁，戴着墨镜的新郎跪坐席间，沐浴着五月和煦的日光。

清晨雨歇，红玫瑰花瓣黏着在庭院湿润的石阶上。远处和缓的海岸线，闪耀着神秘而温柔的淡红色，却也并非日食之效。午饭后，领班拿来涂了煤烟的玻璃，妙子把它贴着眼睛看。

"怎么样？开始了吗？"

松永问。

"嗯，刚好缺了三分之一的样子。"

"看起来是什么模样？"

"透过黑色玻璃看，太阳像琥珀一样。"

"这样啊。在我的印象中，太阳如画中一般，是个燃烧着的金黄色火球。"

两年后的今天，妙子全神贯注地读着关于日食的报道，为的是把它讲给丈夫听，让那一天的景象，在他的心中鲜明地复苏。

妙子每天都会把报纸和小说读给松永听，她把这当作自己每日的功课，对此兴致盎然。松永失明前拥有的记忆，让妙子心怀妒忌。她用心地描绘着外界的画面，力求把它们真实准确地留在丈夫心中。在妙子看来，这些画面的存在，才是丈夫守护着她的唯一

证据。

她祈求上天，愿丈夫心中的世界永远如她所描绘那般。

"我把稚内的日食报道也读给你听听吧。"

妙子匆忙起身，快步走到丈夫身旁。松永好不容易才把两岁的长子抱在膝上逗玩。婴孩从他的膝上探出身子，口中咿咿呀呀地在榻榻米上用蜡笔在白色包装纸上涂鸦。

松永摩挲着儿子动来动去的小手说：

"妙子呀，咱儿子好像在画些什么。你快看看。"

"是吗？这可是他出生后的第一幅画呢。"

妙子轻轻举起那张纸。婴儿拽着画纸的另一端不撒手，眼里闪着星星。

画面之上，是用蜡笔涂满的燃烧着的金黄色火球。这是一幅太阳的画作。

就在那一瞬间，妙子不知为何，竟觉得这孩子不是自己所生。

"画的什么呀？"听到丈夫这么问，她心中不悦，口气冷淡地答道：

"画得乱七八糟的……也根本算不上是画啦，信手涂鸦罢了。"

雨中喷泉 [1]

雨のなかの噴水

少年疲惫不堪。他拖着像沉重沙袋般的少女在雨中前行，而少女正无休止地哭泣着。

就是方才，他在丸大厦的咖啡屋提出分手。

那是人生的初次诀别！

对此他一直梦寐以求，如今终于实现了。

仅仅为了这一目的，少年爱上了少女，又或者说假装爱上；他甜言蜜语地拼命追求她，想尽办法寻找机会共寝，一番巫山云雨过后……如今，万事俱备，他终于拥有了十足的资格，能如愿以偿地从自己口中像国王发号施令一般，说出那句期待已久的：

"分手吧。"

就是这么一句话，能让他凭借自己的力量让青天裂开个口子。一直以来，他热切地憧憬着有一天能亲口说出这句话，哪怕自知希

1　此篇创作于 1963 年。

望渺茫。这句话，如同有的之矢般笔直地射出，所向披靡；它是世界上最英勇、最耀眼的话，是唯有人类中的精粹、男人中的极品才配得上的口诀。

"分手吧！"

可是明男，当他说出这句话的时候，却像个喉咙里堵了痰的哮喘病人一样，声音和声带粘连在一起（明明说之前专门用吸管喝了一口苏打水润嗓子，却没起半点作用），说得十分不清不楚。这让他不爽了许久。

明男当时最害怕的莫过于对方没有听清楚。若是被反问说了什么，他心想还不如让他死了痛快。这就像是终日梦想着生一颗金蛋的鹅，有一天终于梦想成真，可那金蛋却在别人还没有看到时摔碎了。难道这个时候，能让那鹅立刻再生一颗吗？

幸运的是，她听到了。他万分庆幸，对方听得真切，没有再反问。明男终于在眺望许久后，用自己的双脚迈过了那遥远山峰上的关卡。

就像投币后的自动售货机里迅速弹出口香糖，对方的反应即刻证实他被听见了。

屋外下着雨。于是四周顾客的谈话声、盘子的撞击声、收银台的铃声……这些声响全都被紧闭的窗闷在屋里，混为一体，又经玻璃内侧因闷热凝结的水珠微妙的反弹，化作脑中嗡嗡作响的噪声。当明男那句模糊的话语透过这噪声传到雅子的耳边时，她那张消瘦平凡的脸一瞬间有了变化。她双目圆瞪，原本就大的眼睛像是要让周围黯然失色，不，近乎要让四周杳然无踪一般。那不是一双眼，是一处溃坝，无法修复的溃坝。从那里，眼泪喷涌而出。

雅子没有抽泣，也没有哭出声，她面无表情地任凭泪水肆意流淌。

这样的哭法，估计很快就哭不动了吧。明男暗自揣摩着。他如痴如醉地盯着雅子看，心中感受到薄荷般的清凉。这一切完全由他计划和执行，如今梦想照进现实。即便有些刻意的痕迹，但也是绝佳的成果。

“就是为了看到这一幕，我才睡了雅子。”少年再一次把这句话说给自己听，“欲望从来都无法掌控我！”……

眼前这个哭泣的女人就是现实！这是个被他明男真真正正“弃如敝屣的女人”。

——可是，雅子的眼泪像是无穷尽般止不住地流。少年开始担心起周围人的反应。

雅子身穿一件颜色发白的雨衣，端坐在椅子上。从雨衣的领端隐约可见里边的红色苏格兰条纹衫衣领。她双手用力支撑在桌子边上，整个人僵在那里。

她目不斜视地盯着前方，泪流满面，甚至不曾用手绢擦拭过。纤细的喉咙发出急促的喘息声，像新鞋子的摩擦声般均匀规则。学生模样的雅子保留着不涂口红的倔强习惯，此刻她的双唇正不忿地噘起、颤动着。

大人们朝向这边看起了热闹。明男好不容易才感觉自己加入了成年人的行列，而这样的目光恰恰打破了他的美妙心境。

他被雅子充沛的泪水惊呆了。无论哪个瞬间，都是同样的水压、同样的水量。明男累了，他垂下目光，看起自己立在椅子旁的雨伞尖来。地面铺着复古风格的马赛克瓷砖，伞尖处有一小摊泛黑的雨水。在明男看来，那也像是雅子的眼泪。

突然间，他抓着账单站起身。

六月的雨，淅淅沥沥下了有三天。走出丸大厦，明男撑开伞，少女默默跟了上来。明男不得已，把她让了进来。这一行为，让明男觉得自己发现并且掌握了冷漠却顾体面的成年人的习惯。刚刚分了手，又同撑一把伞，这不过是出于体面的考虑。明男对此下了定义。……无论多么不易察觉之事，明男都喜欢给它下一个明确的定义。这是他的性格。

宽阔的人行道通往宫城，少年边走边一路琢磨着该把这个哭个不停的拖油瓶撂在哪儿。

"不知道喷泉在雨天还喷不喷？"

他不由得想到这个问题。怎么就想起喷泉了呢？又走了两三步，少年意识到自己所想是一个物理性的玩笑。

遭受无情冷遇的少女，她淋湿的雨衣像爬虫的外壳。明男和她共处狭窄的伞下，不得不忍耐着这种触感，但他的心，却朝着一个愉快的玩笑奔去。

"我知道了。雨中的喷泉。让雅子的眼泪去和它抗衡吧！雅子再怎么能哭，也敌不过它。首先，那玩意儿是回流式的，可雅子的眼泪流出来就落下去了，肯定没法儿比。这样一来，这家伙肯定就哭不下去了。我也总算能把这个包袱丢掉了。问题是，下雨的时候喷泉还会不会像往常那样喷。"

明男沉默地往前走。同一把伞下的雅子，边哭边执着地跟过来。所以甩掉她不容易，但领着她去自己想去的地方倒也简单。

明男觉得自己浑身都被雨水和泪水浸透了。雅子好歹穿着白色靴子，可他只穿了双一脚蹬，袜子湿得像两片裙带菜。

距离办公楼下班还有些时间，人行道上冷冷清清。二人过了斑马线，朝着和田仓桥方向走去。这座桥拥有古雅风格的木勾栏，栏杆柱上镶着宝珠状金属装饰。伫立桥畔，左侧护城河上，天鹅在雨中浮动着，右侧在河的对岸，隔着蒙了一层雨雾的玻璃，隐约看得到 P 宾馆餐厅一排排雪白的桌布和红色座椅。他们过了桥，从高大的石墙间穿过再左转，就到了喷泉公园。

雅子依然在默默哭泣着，一言不发。

进到公园不远处，有一座大型西式凉亭，从屋顶垂下苇帘，屋檐下的长椅多少可以避雨，于是明男撑着伞坐了下来。而流着泪的雅子也侧身坐下，他的目光只能看到她穿着白色雨衣的肩膀和濡湿的头发。雅子的头发上抹了发油，雨落下后又被弹起，碎成细微的水滴散落在发丝上面。雅子睁着眼睛，继续在那里哭哭啼啼，像是陷入了一种不省人事的状态。明男真想猛地拽一下她的头发，好让她回过神来。

雅子哭啊哭地不停歇。她显然是在等明男开口问候，但他对此甚是恼怒，一声不吭。想来他自从说了那句话后，还未曾发过声。

远处，喷泉正奋力地喷涌而出，但雅子看都不看它一眼。

从这边看过去，有大小共三处喷泉前后排开、纵向重合。水声被雨声盖过，听不清，水路向四面八方喷涌，由于飞散的水沫在远处看不清楚，从此处望去反而像玻璃弯管一般清晰。

放眼望去没有人影。喷泉边上翠绿的草坪，吊钟篱笆墙，在雨中尤为鲜艳。

公园对面，货车淋湿的车棚和公交的红色、白色、黄色车顶不间歇地移动着。从这边可以清晰地看到交通信号灯的红光，但一变成下方的绿光，就刚好和喷泉的水雾重叠，看不见了。

少年枯坐着，心中升腾起无名火来。刚刚让他愉悦的玩笑心态已经荡然无存。

他不清楚自己怒从何来。方才还在神游太虚的心境，如今却变成一种莫名的不如意。不知道让哭个不停的雅子如何收场，并非这不如意的全部原因。

"大不了把这家伙一把推进喷泉池里，我再慌忙跑掉不就完事儿了。"

少年的想法依旧桀骜。可是，明男从这包裹着他的雨幕中、泪水中、如墙壁般的落雨的天空中，感受到了彻彻底底的不如意。它们翻江倒海般地向他涌来，把他的自由变成了被水浸透的抹布。

愤怒的少年失去了理性。他只想刁难雅子，想让雨水淋湿她，让她的眼里只有涌动的喷泉。

他猛地站起身，不顾一切地冲了出去。他越过环绕喷泉的散步道，在比那里更高了几级的喷泉外围的碎石子路上奔跑，直到可以看到三座喷泉横向笔直排开的位置，才停了下来。

少女从雨中飞奔而来，差点撞上站定的少年。她停下脚步，紧紧握住他手中举起的伞柄。被泪水混着雨水浸湿的脸庞，一片苍白。她急促地喘息着问道：

"你去哪儿？"

明男本不该答话，却像是一直等着她问话一样，喋喋不休起来：

"我在看喷泉啊。你瞧瞧它。你再怎么哭，也比不过它啊。"

于是，他俩斜撑着伞，从可以互相避开对方视线的舒适距离，眺望起三座喷泉来。中央的喷泉极为高大壮观，左右两边是护法一般的小型喷泉。

在喷泉与水池持续的喧嚣声中，落入水中的雨线几乎无法分辨。身在此处，不时传到耳边的声音，反倒是远方不规则的汽车轰鸣声；喷泉的涌动声绵密地织就到空气当中，除非侧耳倾听，否则仿若完全封于一片沉寂之中。

水首先在一块巨大的黑色花岗岩石盘上星星点点地跃动着，后又沿着黑色的边缘，化作白色飞沫，持续落下。

由六根描绘着放射状曲线的水柱守护着的，是耸立于石盘中央的高大喷水柱。

定睛看，会发现喷水柱并非到达固定高度就收住。此时几乎无风，喷泉有条不紊，垂直朝着阴雨的灰色天空喷涌，然而每次所到达的顶点并不在同一高度。有时出奇地高，细碎的水花喷涌而上，终于在最高点散作大珠小珠，纷纷而下。

接近顶点的水，透过雨幕，朦胧了模样，呈现出混了胡粉的灰白色，如水似粉，烟雾缭绕。大喷柱周围，涌动着朵朵飞沫形成的雪牡丹，看上去又像雨夹雪的样貌。

比起三根大喷柱，明男的心倒是被周围那些描画着曲线的放射状水柱的形象吸引去了。

尤其是中央大喷泉周围的曲线，如同向四面八方抖动的白色鬃毛，它们高高越过黑色花岗岩边缘，纵身投入池水当中。看着水义无反顾地向四处疾驰，心神也随之汇入其中。这一刻还在怀里的一颗心，不知何时已被水迷住，御水而驰，奔赴远方。

观看大喷柱时也是同样的感觉。

乍一看，大喷柱犹如水塑雕像，形态端庄，仿佛静止一般。然而凝神细看，会发现水柱内自下而上有一种透明的动态精灵在急速攀升。在这一棍状空间内，它们以惊人的速度自下而上依次填充空缺，一瞬之间完成接替，让水柱时刻保持着同一种饱满。虽然明知终将在天空的高度面前受挫，但仍然坚韧地用尽力气去维系这种不间断的挫折，这着实令人钦佩。

明明是带女孩来看喷泉，少年自己却看得入了迷，他深觉眼前的景象蔚为壮观，视线不知不觉间上扬，双眼转而望向雨雾朦胧的天空。

雨水挂在他的睫毛上。

阴云密布的天空就在头顶上方不远处。雨水充沛，细密无间断地落下。雨幕无垠，飘飘洒洒。淋在他脸上的雨，和淋在远方红砖楼房和宾馆屋顶的雨，是完全一样的。他那刚刚生出稀疏胡须的光

洁面庞，与某处楼房冷清的屋顶又或是粗糙的水泥地面，都不过是毫无抵抗地淋着雨的表面罢了。对雨水而言，他的脸颊和脏污的水泥地面毫无区别。

此刻，明男的大脑迅速将眼前的喷泉景象抹了去。在他看来，雨中的喷泉，不过只是在重复着一种徒劳无益的行为。

想着想着，少年感觉到，刚才的玩笑，之后的恼怒，全都烟消云散了。他的一颗心，迅速变得空虚起来。

那颗空虚的心中，唯有大雨倾泻而下。

少年茫然向前走了起来。

"你去哪儿？"

这一次，少女紧握着伞柄不放开，白色靴子顺势移动着脚步，问道。

"你管我去哪儿，那是我的自由。我刚刚不是已经说了吗？"

"说什么了？"

少年看着少女发问的脸，不寒而栗。湿漉漉的脸上，雨水已经冲刷掉了泪痕，只有红肿湿润的眼睛还有流过泪的痕迹，但她的声音已经不再颤抖了。

"你问我说了什么？！我刚刚不是说得很清楚吗？我们'分手吧'。"

这时，少年从雨中移动的少女的侧颜旁，看到草丛中点点绽放的胭脂红杜鹃花。

"是吗？你说了吗？我没听见啊。"

少女平静地说。

少年如五雷轰顶般站不住身。他勉强挪了两三步，总算想到驳斥的话，结结巴巴地问：

"那……那你刚才哭什么呀？这也太荒唐了吧。"

少女沉默了一阵。她用被雨淋湿的小巧的手，重新紧紧握住伞柄，道：

"不知怎的就流泪了。没什么原因。"

少年愤怒了。他想嘶吼些什么，却转瞬间变成了一个大大的喷嚏。再这样下去怕是要感冒了，他想。

太阳与铁 [1]

太陽と鉄

近来，我开始从身体内部感受到用小说这一客观艺术形式无论如何都难以表达的诸多沉积物。我已经不是二十岁的抒情诗人，更何况我从来都不是诗人。于是，我开始摸索适合此类表白的形式，并因此发现了一个微妙模糊的领域，即自白与批评的中间形态，也可称之为"隐秘的批评"。

它处在自白之于黑夜和批评之于白昼的交界处——黄昏领域，如其语源 [2] 之意，是一个"难分彼此"的领域。当我说到"我"时，这个"我"并非严格归属于我的"我"。我释放出的所有语言，并非全部能够回流到我的体内，一定会存在某种无处归属、无法回流的残渣，我正是将此称为"我"。

1　此篇创作于 1965 年。

2　"黄昏（たそがれ）"由"誰そ彼（たそかれ）"演化而来，指人们难以相互辨识面目的薄暮时分。

当我在思考这样一个"我"究竟为何物时，发现自己不得不承认，这个"我"实际上恰恰完全符合我所占据的肉体的领域。我曾一度在寻觅的是"肉体"的语言。

如果将自我比作房屋，我的肉体就像环绕这座房屋的果园。我既可以精心耕耘这片果园，也可以对其置之不顾，任由野草滋生。这是我的自由。不过，这种自由并不容易理解，因为许多人会把自家庭院称作"宿命"。

从某一刻起，我心血来潮，开始拼命耕耘这片果园。为我所用的，是太阳与铁。取之不尽的阳光和铁锄锹，成为我的农耕过程中最宝贵的两个要素。就这样，随着果树逐渐结出果实，肉体就占据了我大部分的思考空间。

当然，这个过程并非一朝一夕便可完成。而且，倘若没有某种重要的契机，也不可能开始。

我在仔细地反复思考自己的幼年时代后发现，语言记忆远比肉体记忆深刻。对世人而言，可能是肉体先到，语言后来；可于我而言，则是语言先到，过了很久，肉体才带着极不情愿的神色姗姗来迟。此时，肉体已经形成一副观念性的姿态。不消说，这副肉体早已被语言所侵蚀。

要先有白木圆柱，白蚁才会来蛀蚀。而我的情况则是，先有白蚁，后来，被虫蛀蚀已半的白木圆柱才慢慢现身。

我以语言为职业，却将其以白蚁相称，但愿读者不要因此有所苛责。语言艺术的本质，如同蚀刻法中的硝酸一样，是取其腐蚀作用，我们正是利用语言对现实的腐蚀作用来进行创作。但是，这种比喻还不够准确，究其原因是，蚀刻法中的铜和硝酸都是提取于自然的同等要素，与此相较，则不能说语言犹如硝酸作用于铜那样作用于现实。因为语言是将现实抽象化，并连接起我们悟性的媒体，它对现实的腐蚀作用，必然就包含着不断腐蚀语言本身的危险。毋宁说，将这种作用比作过剩的胃液不断消化和腐蚀胃部要更恰当些。

若说，这样的情况早在一个人的幼年时代就已经开始发生，我想相信的人恐怕为数不多。

然而，这恰恰是发生在我身上的戏剧，它为我准备了两种相反的倾向。一种倾向是忠实地推进语言的腐蚀作用，决心将它作为自己的工作；一种倾向是，想要在同语言毫无关联的领域邂逅现实的欲求。

即便是个天生的作家，在其所谓健康的发展过程中，让这两种倾向不背道而驰而是互相协调，通过磨炼语言重新发现现实中的惊喜，收获可喜的结果，这样的情况并不少见。但不得不指出的是，这终究是"重新发现"，他在人生之初，以拥有未曾被语言所玷污的肉体的现实为条件，这与我的情况不同。

曾经，我凭借空想创作的作文，令作文教师紧锁眉头。因为我在作文里没有使用过与现实相关的语言。幼小的我似乎在无意识中预感到语言的某种微妙的洁癖法则。为了仅使用语言积极的腐蚀作用而避免消极的腐蚀作用……说得更简单些，为了保持语言的纯洁性，我尽可能避免通过语言与现实相逢。即我具有这样一种觉悟：只活动积极腐蚀作用的触角，并且尽量避免与其所腐蚀对象突然相遇。

另一方面，作为这种倾向必然的反作用，我只公然承认语言完全不参与的领域中现实与肉体的存在。于是，对我而言，现实与肉体就成为同义语，成为一种恋物癖式的兴趣对象。在不知不觉中，我对语言的关心，以及对此种关心所表现出的敷衍都成为一种确切的存在，这种物恋同我对语言的崇拜相互呼应。

在第一阶段，我非常明确地将自己置于语言这一侧，将现实、肉体与行为置于另一侧。我正是通过这样故意制造二律背反来助长自身对语言的偏见，同时，也确实如此形成了对现实、肉体与行为根深蒂固的误解。

二律背反，本是成立于我不拥有肉体、不拥有现实、不拥有行为的前提之下。正因如此，当为人初始，肉体造访姗姗来迟，我早已准备好语言来迎接它。这样的我，在第一阶段倾向的影响下，从一开始就未将它当作"我的肉体"去认可。如果我承认它是肉体，那么就会丧失我语言的纯洁性，我就会成为被现实冒犯之人，现实会因此变得不可回避。

有趣的是，我之所以顽固地不去认可它，是因为从一开始在我的肉体观念里就潜藏着某种美丽的误解。我从来不知道，男人的肉体绝不会作为"存在"表现出来。在我看来，它本应当切实作为一种"存在"表现出来。因此，当它赤裸裸地作为存在的一种可怕的反论、作为拒绝存在的一种存在形态呈现出来时，我的反应就像遇到怪物似的，狼狈不堪。我以为，我是个例外。我无法想象其他所有的男人皆如此。

显然，尽管产生于误解，但如此狼狈和恐惧，让我在脑中虚构另外一种"应有的肉体""应有的现实",这也是理所当然的。我做梦都未曾想过,拥有为拒绝存在而存在的形态的肉体,竟是男人肉体普遍的存在样式。因此,在虚构"应有的肉体"时,我曾尝试赋予它全然与之相反的性格。于是我推测,作为例外的我的肉体存在,恐怕是因语言的观念性腐蚀而产生的,所以"应有的肉体""应有的现实"就必须绝对避免语言的参与。这种肉体特征,简而言之即造型美与无言。

而另一方面,我认为语言的腐蚀作用,既然同时又是营造造型的作用,那么这种造型的规范,正是这种"应有的肉体"的造型美,语言艺术的理想是竭尽所能去模仿这种造型美……即,对完全未被腐蚀过的现实的探求。

这是一种明显的自我矛盾。我既企图消除语言的本质作用,同时又想抹杀现实的本质特征。但从另一个角度讲,为了决不让语言和作为其对象的现实相遇,这是最为巧妙的、狡智的办法。

如此,我的精神于不知不觉间,同时兼顾着自相矛盾的两者,并且按照自己的心愿,企图站在虚构的神的立场上来同时操纵双方时,我开始了小说创作。就这样,我对现实和肉体的饥渴也变得愈发强烈。

……过了很久,承蒙太阳与铁的恩惠,我逐渐学习了一门外语,那是肉体的语言。它是我的 second language,是后天形成的教养。现在,我正想谈一谈有关这种教养的形成情况。它可能既是一部无与伦比的教养史,同时也是最难以理解的东西。

幼年时代，我曾看到抬神轿的轿夫，酩酊大醉间带着无法言说的放浪表情，脸向上扬起，更有甚者将脖颈完全倚靠在轿杠之上的姿态。我曾备感疑惑，此时映在他们眼中的到底是什么？我无法想象在那样强烈的肉体苦难中所看到的令人陶醉的幻影，究竟是什么。因此，这个谜久久占据着我的心田。很久以后，直到我开始学习肉体的语言，主动去抬神轿，这时我终于有机会解开幼时的那个谜。结果就是，他们在仰望天空，仅此而已。他们的眼睛里没有任何幻影，有的只是初秋澄明的天空。然而，那片天空是我一生当中可能再难得一见的万里晴空，它异常蔚蓝，看似扶摇而上，却又如深渊般急转直下；它动摇无常，是一片混淆了澄明与疯狂的天空。

我急切地将这种体验写成了一篇小小随笔，正因为对我而言，这是极其重要的体验。

为何如此？因为那时候，我站在了毋庸置疑的同一性之上，我通过自身诗一般的直观所眺望的蓝天，与年轻的平民百姓眼里所映现的蓝天是相同的。这是一个我期盼已久的瞬间，它正是太阳与铁的恩惠。为什么没有必要怀疑此同一性呢？因为在同等的肉体条件下，互相分担一定量的肉体负担，体会等量的痛苦，同等酩酊大醉的程度，在这种状况下，个人差异受到无数条件的制约，已趋于最小值……况且，如果几乎排除因麻醉药产生幻想这样的内观性要素的话……那么我所看到的东西绝对不是个体的幻觉，而必然是某种明确的集体性视觉的一部分。我的诗一般的直觉，只有后来通过语言被想起并经重新构建后，才成为一种特权，而我的视觉在与摇曳的蓝天接触时，也接触到了行为者的情感核心。

然后，我从那摇曳的蓝天，如凶猛的巨鸟般展翅翱翔，时而低徊，时而高扬的蓝天里，看到了长期以来称之为"悲剧性的东西"的本质。

在我对悲剧的定义中，这种悲剧性情感，绝不会在非凡的感受性炫耀特权时产生，而是在某瞬间，当最平凡的感受性拥有了不亲近于人的特权式崇高性时产生。因此，语言工作者可以创作悲剧，却无法参与其中。而且这种特权式崇高性，必须严格地基于一种肉体勇气。悲剧性的东西的悲壮、陶醉、明晰等诸多要素，产生于具备一定肉体力量的平凡感受性，在遭遇为自己准备好的特权式瞬间时产生。在悲剧里，需要反悲剧性的活力与无知，尤其需要某种"不合时宜"的特征。人为了在某一时刻成为神，平时就绝不能是神或接近神。

于是，当我也看到只有人类才能看见的那种异样的、神圣的蓝天时，我才相信了自我感受性的普遍性，我的饥渴才得到满足，我对语言功能的那种病态的迷信才得以消除。从那时起，我开始参与悲剧、参与到完整性当中。

在看到这一幕后，我开始理解许多曾经所不解的东西。被语言神秘化了的东西，运用肌肉，得以轻松解明。这恰似人们了解情欲的过程。我逐渐明白了存在与行为的感觉。

如果仅限于此的话，我这一路走来，虽多少比别人晚了些，也不过是走了同样的道路而已。然而，我又有另一股私流的企图。如果一种观念浸润我的精神，并使我的精神膨胀起来，进而占领我的精神——这种事态即使发生，在精神世界也并非什么稀奇事。然而，因肉体与精神的二元论逐渐疲惫不堪的我，内心自然会涌起这样一个疑问：为什么这样的事件会在精神内部产生，而在精神的外缘结束呢？当然精神性的烦闷会造成胃溃疡发生，这种身心相关的实例是众所周知的。但我的思考并未就此止步。我所思考的是：如果我幼时的肉体首先是因语言的腐蚀而形成了观念性形态的话，那么如今我为何不反向驾驭它，让观念所及的地方，从精神延至肉体，将整个肉体变成以那种观念的金属打造的盔甲？

正如我在对悲剧的定义中所陈述的那样，原本这种观念理应归结于肉体观念。并且在我看来，相比于精神，肉体更可能有高度的观念性，更可能亲密地与观念熟稔。

这是因为，对于人类而言，所谓观念原本就是一种异物。遍布不随意肌、无法操控的内脏和循环系统的肉体，对于精神来说是异物，人甚至可以把作为异物的肉体比喻成作为异物的观念。当一种观念巧妙地从天而降，甚至会让人感觉它恰似被赋予的宿命一般。这更让人们觉得，它与被赋予各人的肉体过于相似，连那无法操控的自动功能也像极了肉体。基督教"道成肉身"的思想就基于此，某些人甚至可以让掌心和脚背上出现圣痕。

但是，我们的肉体有一定的局限性，纵然某种过激观念，希望我们的头顶上长出一双威风的犄角，这双角也不会真的长出来，这一点不言自明。这种局限性最终归结于调和与均衡，归结于均匀之美，以及被赋予足以看到那摇曳蓝天的肉体资格。同时这也是对异常过激观念的复仇与修正。它总会将我带回到那个"毋庸置疑的同一性"的地点。因此，我的肉体既是一种观念的产物，同时也可能成为隐蔽观念的最佳隐形斗篷。如果肉体能够实现无个性的完美和谐，那么个性定然永远只能画地为牢。我原本便认为，表现精神怠惰的便便大腹，与表现精神过度发达的、肋骨外翻的单薄胸脯等肉体特征极为丑陋，当我得知有人恰恰喜爱这些肉体特征时，我感到极度震惊。这让我觉得，此种行为是将精神的阴暗面暴露于肉体之上的厚颜无耻之举。这种自恋表现，是我唯一无法容忍的自恋。

实际上在相当长的时间里，这种饥渴所产生的肉体与精神相背离的主题，一直盘卧于我的作品当中。我开始逐渐远离这种主题，是因为开始思考"肉体中或许也有固有的理论，甚而也有固有的思考"，是我开始感到"造型美和无言并非肉体的特质，肉体中无疑也有其特有的饶舌"。

然而，现在我如此叙述两种思想的推移，无疑会让人们感到我是从常识出发，走向了不合逻辑的混乱境地。在近代社会中，肉体与精神的背离本是一种普遍现象，对此发出抱怨，是谁都能够接受的主题。但若论及"肉体的思考"抑或"肉体的饶舌"这类感性的蠢话，便没有人能跟得上脚步，人们会觉得我是在用这种说法来搪塞自己的混乱。

但是，当我把对现实和肉体的崇拜，与对语言的崇拜，准确地作为相呼应的东西放置于同等位置时，我如愿发现，通过将充盈着造型美的无言的肉体，同模仿造型美的优雅的语言相呼应，将源于同一观念的两种东西置于同等位置时，可以说我已于不知不觉间，从语言的咒语中得以解放。这是因为，它意味着我开始寻求一种承认无言的肉体的造型美与语言的造型美同根同源、承认肉体和语言能够等同的柏拉图式观念。在这个阶段中，将语言投射于肉体的尝试，已经处在触手可及之处。当然，这种尝试本身是一种极其非柏拉图式的尝试。不过，在我开始讲述肉体的思考与饶舌之前，还需要再经过唯一一种体验。

要讲述它，一定要先从我与太阳的初次邂逅讲起。

虽然这是一种奇特的说法，但我的确有两次与太阳邂逅的经历。同某人经历决定性的邂逅，然后终生难以分离——但实际上在此之前，可能在对方没有察觉、自己也几乎无意识的状态下，也曾和这个重要的人在某处遇见过。我与太阳的相遇即如此。

首次无意识间的相遇，发生在1945年那个战败的夏天。烈日照射着战时和战后分界线上繁茂的夏日草丛（这条分界线不过是一道露出衰败迹象的铁丝网。它一半埋在草丛里，向着四面八方倾斜），我沐浴着阳光前行，当时并不清楚，这样的场景于我而言意味着什么。

浓密均匀的夏日光线，孜孜不倦地降临于万物之上。纵使战争结束，草木依然郁郁葱葱，在白昼里阳光无情的照射下，变成一种明晰的幻影，随着微风摇曳。我用手指触碰那叶梢，它们也并不会消失，这让我惊愕不已。

同一个太阳，在已经流逝的时日、流逝的年月中，参与了全部的腐败和破坏的营生。当然，太阳无疑像鼓舞人心似的照耀过出击的飞机机翼、如林的刺刀、军帽的帽徽和军旗上的刺绣，然而更多的是照耀着血流不止的肉体，和渴望那伤口的银蝇的躯体。太阳掌管着腐败、主宰着热带海洋和山野上众多年轻人的死。最终，甚至

统治了向地平线延伸的赤锈色的广袤废墟。

太阳从未与死的印象相分离，于是我做梦都未曾想过自己会从它那里得到肉体上的恩惠。当然，战时的太阳同时也保持着光辉荣耀的形象。

那时已经十五岁的我，写出如下诗句：

> 阳光依旧普照
>
> 人人赞美红日
>
> 而我于阴暗的坑穴中
>
> 躲避太阳　抛出灵魂

我多么热爱昏暗的室内，桌上摞着书本围出的"坑穴"啊！我多么喜欢自躬自省、佯装思索，沉迷于倾听自己神经丛中那纤细微弱的虫鸣啊！

少年时代，敌视太阳是我唯一的反时代精神。我偏爱诺瓦利斯式暗夜与叶芝式爱尔兰的曙光，写了有关日本中世[1]之夜的作品。但是，以战争结束为界，我渐渐感觉到，以太阳为敌成为迎合时代的主题的时期逐步来临。

那一时期所撰写的或已问世的文学作品中，夜的思考是支配性的，只是他们的夜与我的夜相比，是极其非唯美性的，区别仅在于此。并且，相比稀薄之夜，时代会向浓重之夜致以更多的敬意。我

1　指日本历史中前期封建社会，即镰仓时期及室町时期。

曾感到少年时代的自己，全身像浸泡在蜜一般浓重的夜里，可是在他们的眼里，这不过是极为稀薄的夜。我逐渐开始对战争时期自己所相信的夜失去了自信，开始思量起，莫非我一直以来都属于崇拜太阳的一方吗？或许真的如此。如果这是事实，那么如今的我依然以太阳为敌，继续主张个体风格的小小之夜，难道恰恰不是在迎合这个时代吗？

专心于夜的思考的人，毫无例外都是些皮肤暗淡无光、肠胃虚弱之人。他们企图用一种充满思想性的夜去包裹某个时代，将我所看到的关于太阳的一切全盘否定。否定了我所看到的生，也否定了我所看到的死。因为太阳同这两者都有关联。

1952 年，我第一次到海外旅行，在轮船的甲板上，我与太阳再次握手和解。对于此，我已在别处写过，恕不赘述。总而言之，这是我与太阳的第二次邂逅。

从此，我再无法与太阳分手。太阳与我第一要义的意象相结合。而且渐渐地，太阳烧灼着我的肌肉，在我的身上标记了它们种族的烙印。

然而，就本质而言，思考难道不就是属于夜吗？通过语言进行创造的行为，难道不是必然在夜间浓郁的黑暗中进行吗？我依然没有放弃通宵工作的习惯，在我的周围，一些人的皮肤上清清楚楚地呈现出夜的思考的痕迹。

但是，人们又为何要探索深奥、朝向深渊呢？思考为何只能如测量锤般，专注于垂直下降；为何不能改变方向，一直朝向表面，直线上升呢？

确保人类造型存在的皮肤，仅是委身于感性，最受轻视。思考一旦想要探索深处，可以坠入无底深渊；一旦想要朝向高处，就会放弃难得的肉身，飞入无垠的天光中。我无法理解这种运动法则。不论是向上还是向下，如果这一法则的宗旨是要朝向深渊，却不去从保证我们的个体和形态、把我们的内部与外界分隔开来，在其重要边界"表面"本身发现某种深渊而未被"表面本身的深度"所吸引，这极不合理。

　　太阳唆使我将思想从脏器感官般的夜之深处，牵引到润泽的皮肤包裹下隆起的肌肉中。它还命令我，准备好坚固宜居的新住所，以便一点点浮上表面的我的思考能安住下来。这处住所就是充分接受阳光照射的光洁皮肤，是敏感隆起的发达肌肉。毫无疑问，正因为需要这样的住所，需要具备如此一系列的条件，"形象的思想""表面的思想"才不为众多知识分子所亲近。

　　由病态的内脏制造出来的夜的思想，几乎是在主体无意识中形成的，不知究竟是思想在先，还是内脏微弱的病兆在先。但是，肉体是在肉眼看不见的深处，缓慢地创造并管理着这种思想。与此相反，想要在人人可见的表面创造并管理表面的思想，对肉体的训练就必须先行于对思考的训练。从被"表面"的深度所吸引时起，我就预见到自己需要进行肉体训练。

　　我知道只有肌肉才能保障这样的思想。谁会关注病弱的体育理论家？一位脸色苍白的书斋人，即使人们会宽容他在书斋里操纵夜的思想，然而当他谈论起肉体时，责难也好，赞叹也罢，还有比那双嘴唇更显贫寒无力的东西吗？我太过了解这样的贫寒，于是某一天，我突然想要拥有一具肌肉发达的躯体。

希望诸位可以将目光倾注在所有这一切都由我的"思考"而产生这一点上。我确信，正如通过肉体训练，过去的不随意肌可以变成随意肌一样，思考的训练也会为我带来这样的改变。肉体和思考，有一种或可称为自然法则的不可避免的倾向，容易陷入自动主义[1]。不过，只要挖掘出细小的水路，就很容易改变水流，这是我多次的体验所得。

这里有一个体现我们的肉体与精神之共通性的例子。在某一时刻，被某种观念所统括的肉体与精神，会立即具备形成一个"外表秩序"完整的小宇宙的倾向。它本是一种休止，却又好像活跃的向心活动。凭借肉体与精神，在须臾之间创造出小宇宙来的这种形成作用，看似如梦如幻，但生命中转瞬即逝的幸福感，往往依赖于这种"外表秩序"。可以说，这是一种面对外部的混沌局面时，像刺猬把身子缩成一团似的生命的防卫功能吧。

接下来我在思考，打破一种"外表秩序"，创造出另一种"外表秩序"，反向利用生命的这种顽固的形成作用，使它朝向助我实现目标的方向，这并非不可能的事。于是我即刻将这种"思考"付诸行动。这时我的"思考"，与其说是思考，更应称之为每日的太阳给予我的崭新企图。

就这样，一块黑暗的、沉重的、冰凉的、宛如浓缩提炼了夜之

1　超现实主义运动中提倡的创作手法，指倡导不受理性既成概念所限，凭借无意识的创造力进行艺术创作。

精髓的铁块，出现在我的面前。

从那天起，铁与我有了长达十年之久的亲密交往。

铁的性质实在不可思议，像是有一杆秤一样，随着秤砣一点点地增加重量，放置在秤盘上的我的肌肉量也在一点点地增加。就好像铁有义务与我的肌肉之间保持严谨的平衡。逐渐地，我肌肉的诸性质开始越来越与铁相类似。这种缓慢的过程，与赋予脑髓难度渐增的知性产物，以对大脑进行知性改造的"教养"过程非常类似。我一直梦想着拥有外在的、规范的、古典式理想型肉体，教养的最终目的正在于此，而这一点也同古典主义式教养形成过程十分相像。

但事实上，究竟是谁类似于谁？我不是已经通过语言来尝试模仿肉体的古典形态了吗？对我来说，美总是在退缩，只有过去存在过的或者过去应当存在的形态才是重要的。铁通过那种富于微妙变化的操作，唤醒了肉体内行将失去的古典式均衡，推动肉体回归到原本应有的姿态。

在现代生活中基本上用不到的肌肉群，仍是我们男人肉体的主要构成要素。但它的非实用性十分明显。对于大多数实用主义者来说，发达的肌肉没有必要，正如古典式教养是不必要的一般。肌肉渐渐变得像古希腊语一样。要复苏这种死语，需要来自铁的教养；要将死的沉默变成活生生的饶舌，需要铁的协助。

铁如实地教会了我精神与肉体的呼应关系：柔弱的情绪与柔弱的肌肉相呼应，感伤与松弛的胃、感受性与过敏的白皙皮肤相呼应；与此相对，发达的肌肉理应与果敢的斗志相呼应，强健的胃与冷静的知性判断、强韧的皮肤与刚毅的品质相呼应。慎重起见，我想提前说明，我并非想推己及人。根据我贫乏的观察，发达的肌肉里却隐藏着怯懦的心，这样的例子不胜枚举。只是如前所述，于我而言，语言先于肉体到来，因此诸如果敢、冷静、刚毅等语言所唤起的诸德性的表象，必须是作为肉体的表象来呈现。因此，我希望作为一种教养的形成，赋予自身上述肉体特性。

进而，在这种古典式形成过程的尽头，潜藏着我的一种浪漫企图。在少年时代，我体内早已有一股浪漫主义式冲动的暗流。它只作为一种对古典式完成的破坏才有意义，就像全曲目中包含各种主题的序曲一样在我体内存在，从我还一无所获时起，就已描绘出一幅宿命论般的构图。即是说，虽然我深深怀抱着对死的浪漫冲动，但它严格地要求有古典式肉体作为容器。从不可思议的命运观出发，我相信自己对死的浪漫冲动之所以仍未实现，原因非常简单，就是肉体条件不够完备。为了实现浪漫主义式的悲壮死亡，如雕塑般的强健肌肉是必须的。如果是以虚弱的肥态直面死亡，那里只有滑稽与不合时宜。十八岁时，我憧憬夭折，却感到自己不配夭折。因为我不具备与戏剧性的死相称的肌肉。于是我之所以能活到战后，全然因为这种不相称的事实，这一点深深地刺痛了我浪漫的自尊心。

尽管如此，这些观念上的纠葛，全都不过是仍一无所得的人其序曲中的纠结而已。我总会获得一些什么，又将毁坏一些什么。赋予我这一线索的，正是铁。

许多人在某种程度上完成知性的形成即会满足。但我必须发现，知性绝不以柔和的教养形态出现，而只能被作为赖以生存的武器赋予我。因此，为了拥有教养，我必须进行肉体锻炼。这就像只把肉体作为生存手段的人，面临青春终了，开始拼命尝试以习得知性教养一般。

我通过铁，学习到有关肌肉的种种知识。那是最新鲜的知识，是书籍或世故绝对无法给予我的知识。肌肉是一种形态，同时也是一种力量，肌肉组织的各个部分微妙地分担着其力量的方向性，宛若用肉塑造的光。

一直以来，在我心中所描绘的对艺术作品的定义，再没有比"一种包裹着力量的形态"更加合适的观念。我认为，它必须是熠熠生辉的"有机"作品。

这样创造出来的肌肉，既是存在又是作品，反过来说，甚至带有某种抽象性。但它有唯一一种宿命式的缺陷，那就是由于它与生命紧密相连，也终将会伴随生命的衰退而衰竭，与生命共同走向灭亡。

关于这种不可思议的抽象性，容后再述。于我而言，肌肉具有一种最为理想的特性，一种同语言的作用完全相反的作用。关于这一点，只要思考过语言的起源就会非常清楚。最初，语言是作为一种感情与意志的普遍交流手段，如同原始货币那样，在一个民族间畅通游走。在被染指之前，是人们的共有物。因此，它也只能表现人与人之间共通的感情。但是，随着人们开始逐渐将语言私有化、个体化，以及些许的恣意妄为，语言的艺术化开始了。首先意识到我的个性,如成群的羽虱般袭来试图把我禁锢在个体性之中的,正是这一类语言。然而,被袭击的我虽然全身遭受咬噬,但可以反向运用敌人的武器,同时也是敌人的弱点的普遍性,多少成功地用自己个性的语言,实现了一定程度的普遍化。

但是,这种成功是"我与大家不同"的成功,从本质上说,违背了语言的起源与发祥。再没有比语言艺术的荣光更加奇怪的东西了。乍一看,它似乎以普遍化为目标,实际上追求的却是如何绝妙地背叛语言所具有的根本功能,即它的普遍妥当性。所谓文学中文体的胜利,所意味的正在于此。除却古代叙事诗这类综合性作品,凡是冠以作者名字的文学作品,都是一种美丽的"语言的变质"。

人们所看到的蓝天、神轿夫眼中那同一片神秘的蔚蓝天空,真的可以用语言表达吗?

如前所述,我最深沉的疑问就在于此。我通过铁,在肌肉上所发现的东西,就是这种一般性的荣光,是一种"我和大家一样"的荣光的萌芽。由于铁的沉重压力,肌肉逐渐丧失它的特殊性和个性(二者均于衰退中产生),肌肉越发达,就越开始带有一般性和普遍性的样貌,直到最后终于达到同一雏形,达到彼此难以分辨的相似形。这种普遍性没有被悄悄地侵蚀,也没有被背叛。可以说,这才是最让我欣喜的特性。

在这里,肉眼可见、触手可及的肌肉,开始形成其独自的抽象性。相比语言,在本质上缺乏沟通能力的肌肉,原本不应具备作为沟通手段的普遍的抽象性。然而……

某个夏日,锻炼身体后的我,感到肌肉发热,于是走到通风良好的窗边想要降降温。当汗水消退，一股薄荷般的清爽掠过我的肌肉表面。这一瞬间，肌肉的存在感从我体内拂去，就像语言通过其抽象作用将具体的世界嚼碎后，语言本身也仿佛消失不见一样，这一刻，我感到我的肌肉切切实实地在将某个世界嚼碎后，肌肉也就此消失不见。

那时肌肉嚼碎的究竟是什么？

肌肉把我们通常按照自我意愿所相信的存在感嚼碎了，并且把它变成了一种透明的力量感。这就是我口中所言的抽象性。就像在使用铁时得到的重复暗示一般，肌肉与铁的关系是相对的，酷似我们与世界的关系。即，力量如果没有着力对象就无法成为力量的这种存在感觉，是我们与世界的基本关系。在这种关系中，我们依存于世界，我依存于铁。于是就像我的肌肉逐渐变得与铁相似，我们也在被世界一点点地改造着。不过，铁和世界本身并不拥有自我存在感，而我们却在不知不觉间以愚蠢的类推法拥有了一种错觉，仿佛铁和世界也存在自我感觉一般。因为如果不这样做，我们就无法确认自身存在感的根据，就像肩负地球的阿特拉斯，渐渐也会在主观感觉上认为地球是与自己同类的东西吧。如此，我们的存在感就只能在虚构的相对的世界里追求对象。

的确，当我举起一定量的铁时，我就能够相信自己的力量。我冒汗、喘息，为寻求力量的确凿证据而奋斗。这时力量是我自己的，同时也是铁的。我的存在感便获得了自我满足。

然而，当肌肉离开铁时，就会陷入一种绝对的孤独中，会感到那血脉偾张的形态，不过是与铁的齿轮啮合后形成的痕迹。凉风拂过，汗水蒸发……与此同时，肌肉的存在也消失了。……但就在这时，肌肉开始发挥其最本质的作用，它用肉眼看不见的坚硬的齿轮，嚼碎了人们所相信的、模糊的、相对存在的感觉世界，变成了一种不需要任何对象的、透明无比的力量的纯粹感觉。在那里，甚至连肌肉也不复存在，我身处于透明发光的力量感觉之中。

这种力量的纯粹感觉，不会在书本中记载，也无法从知性分析中解读出来。从那里，我发现了同语言真正相反的东西，这也是自然而然的。

也就是说，它逐渐成为我思想的核心。

……思想的形成，是从对不明确的主题，尝试各式各样的表述开始的。就像钓鱼人试用各种钓竿，剑术家挥舞各种竹刀，最后找到适合自己的尺寸和分量一样——在思想即将形成之时，需要尝试把某种尚未定型的观念，用不同的形态言语，直到找见适合自己的尺寸和分量，思想才能融入自身，成为囊中之物。

当我领会到力量的纯粹感觉时，虽然之前也曾预感到它正是我的思想核心，但仍然产生了一种无法形容的喜悦之情。我想要在将它作为一种思想来掌握之前，与它尽情地戏耍一番。这种所谓的戏耍，是在阻碍时间的迁延和凝固的同时，不断朝向成形做种种尝试，并且通过诸多尝试，再次回到那个纯粹的感觉里，去重新确认。恰似获得一块骨头的狗，受到骨头散发出上乘诱饵美味的诱惑，想要尽量延长这样充满魅力的时间，于是和骨头戏耍一般。

对我而言，接下来的替换性尝试还有拳击、剑术，这点容后再述。力量的纯粹感觉，换言之，当然还有面向拳头时的一闪和面临竹刀时的一击。因为那种瞬间存在的东西，恰恰正是由肌肉释放出来的、不可见之光的最明确的证据。它是一种朝向与肉体的感觉器官一纸之隔的，也可以称为"最终感觉"的探索性尝试。

在那里，的确有"某种东西"潜藏在空空如也的空间里。即使以力量的纯粹感觉，也只能到达距离它一步之遥的地方，何况知性和艺术性的直觉，甚至走不到距离它十步、二十步的地方。或许艺术确实可以以某种形式"表现"它吧。但是在表现时需要媒介，而我则认为这种作为媒介的语言的抽象作用会成为一切的阻碍，因此，作为对"表现"这种行为本身抱持怀疑的人，是不可能因表现而获得满足的。

对语言的诅咒，自然会波及对表现行为的本质性怀疑。为什么我们会想要使用语言去表现"无法言传的东西"，并且在有些时候能够成功呢？那是语言通过文体的精妙排列，极限唤醒了读者的想象力时所产生的现象。那个时候，读者和作者都是想象力的共犯。并且如果通过这样的共犯的共同作业，能让作品这种"东西"里所没有的"东西"存在，人们就会满足地把这称为创造。

在现实中，语言原本是以发挥对具象世界的混沌加以整理的逻各斯[1]功效，持有抽象化作用的武器出场的。而表现的本质，则是

1　西方哲学史用语。希腊语 logos 的音译，英语 logic（逻辑）的语源。古希腊哲学家赫拉克利特最早提出有关逻各斯的学说，把它理解为一种世界的普遍规律性。他认为逻各斯是客观的，是一切事物和一切认识它的人所共通的。听从逻各斯也就是承认"一切是一"，即承认对立统一。

反过来利用了这种抽象化作用，犹如逆向流动的电流般，只凭借语言，让具象的物的世界呈现在人们眼前。我在前面所提到的所有文学作品都是一种美丽的"语言的变质"，正是此意。所谓表现，就是回避事物，并创造事物。

想象力这个词，不知庇护了多少懒惰者的真相。想象力这个词，又不知何等地美化了这种不健康的逃避倾向：他们置肉体于不顾，却想让灵魂无限接近真实。利用想象力感伤性的一面，人们扬言对他人的肉体痛苦感同身受，实则却极力回避着自身肉体的痛苦。他们用想象力，将精神性苦恼这种相当难以衡量其价值高低的东西，一视同仁地提升至崇高的等级。并且，这种越权的想象力，当与艺术家的表现行为结成同谋时，就会让作品这种"物"的虚构成为存在，这诸多的"物"介于其间，开始反过来以修正之名扭曲现实。结果，人们变得像只能接触到影子一般，不再顾及自身的肉体痛苦。

我同时意识到，隐藏于拳头一闪、竹刀一击间的东西，与语言表现截然相反，那才是具体事物的终极本质，是实实在在的精髓。在任何意义上，这都不是影子。拳击的对象、竹刀刀尖的对象，是某种完全拒绝抽象化（更全面拒绝抽象化的具体表现）的灵性之物，突然抬起头来。

那里正隐藏着行动的真髓与力量的精髓。这种实体极为简单，因为它就唤作"敌人"。

敌人与我是同一个世界的居民，我观望时，敌人被观望；敌人观望时，被观望的正是我，而且这种对峙不仰仗任何想象力作为媒介，双方都属于行动与力量的世界，即"被观望的"世界。在任何意义上，敌人都不是观念性的。因为为了到达某种观念的境界，我们必须一步步攀登语言表现的阶梯。由于只顾注视观念，甚至会无视光明，但是观念绝不会顾盼。在观望的每一瞬间都会被回望的世界里，我们不会被赋予语言表现的闲暇。表现者必须身处那个世界之外。如此，整个世界都不会回望表现者，他就因此有了观望并且运用语言缓慢加以表现的闲暇。但是，他绝不可能触碰到"回望的实体"的本质。

隐藏在空空如也的空间里的拳头一闪、竹刀一击的对象，那个回望此方的敌人，才是"物"的本质。观念绝不会回眸，但物会回望。语言表现的彼岸，透过所获得的虚构的物（作品），观念在摇曳；行动的彼岸，透过所获得的虚构的空间（敌人），有物在摇曳。那物，于行动家而言，是不通过想象力为媒的濒死状态，是正向斗牛士逼近的黑色公牛。

尽管如此，如果它不是在意识的极限里出现，我就无法轻易相信它。我能模糊地感觉到，能够作为意识的肉体性保障的，只有受苦。在痛苦中的确有某种光辉，它与隐藏在力量中的光辉具有深深的亲缘关系。

所有行动中的技术，如果不经过反复修炼以形成无意识行为，就不会发挥任何效力，这是谁都经历过的。但我的兴趣同它多少有些不一样。一方面，我将意识的纯粹实验的热情赌在"肉体＝力量＝行动"这一条线上；另一方面，又将自己肉体的纯粹实验的热情，赌在通过无意识的反射作用让肉体发挥最高技能的瞬间。这相反的两者的契合点，即意识绝对值与肉体绝对值的契合点，于我才具有真正的魅力。

毒品或酒精造成的神志不清，本就并非我所期冀。我的兴趣只在意识明晰的情况下探索直到最后，看它会在哪个无法知晓的点上转化成无意识的力量。如此，把意识维持到最后的可靠证人，除去痛苦还有其他吗？的确，意识与肉体的痛苦之间存在相互关系，将肉体的痛苦延续到最后一刻的可靠证人，亦不会有什么比意识更为适合的。

所谓痛苦，也许是肉体意识的唯一保证，也是意识唯一的肉体表现。随着拥有肌肉、拥有力量，我体内逐渐萌生积极的受苦倾向，我越发开始关切肉体的痛苦。但是，请千万不要认为这是想象力的作用。因为这是我用肉体从太阳与铁那里真真切切地学来的。

无论是使用拳击手套还是竹刀，在出手打击的瞬间，越是准确地击中对象，就越能感到仿佛受到了一记还击拳，而并非只是打在了敌方肉体上。关于这一点，大概许多人都曾体验过。凭借自己的力量出击，使空间产生了一处凹陷——此时当敌方的肉体，恰恰准确填补了这处空间凹陷，呈现出与那凹陷完全一致的形态时，这次出击便成功了。

那么，为何会有那种感觉，这次出击因何成功呢？那是因为选择了正确的时间和正确的空间出击。这种选择、这种判断，是因抓住了敌方瞬间的漏洞，而在发现这一漏洞的临界点，你已经凭直觉观察到它的缘故。这种直觉是你自身并不了解的某种东西，是经过漫长的修炼领会到的东西。看到之后才出拳为时已晚。即，当隐藏在刀锋前方空间中的某种东西成形时再出手就晚了。要让它在成形的瞬间，就必须恰如其分地陷入由你所指定并创造的空间凹陷中。这正是格斗取胜的那一刹那。

创造肌肉的过程，是力量制造出形态、形态制造出力量的缓慢过程，而在激烈的战斗中，这过程又会以迅雷不及掩耳之势反复发生。力量的放射如光线一般，它使形态崩溃，又继续不断地制造出新的形态。我看到了正确的美的形态，战胜了丑陋的不正确的形态。形态的扭曲中一定存在着漏洞，从那里放射出来的力量的光线是混乱的。

对手失利时，是因他的形态顺应于我所指定的空间的凹陷而失败，这时候，我的形态必须抱持正确和美。于是形态本身必须暗含极端可变性，柔软无比，如流动体在每一瞬间描绘出的雕塑一般。力量的光线必须持续某种形态，正如流动的水保持着喷泉的形态那般。

一直以来，在漫长的时间持续的太阳与铁的修炼，正是这种流动性的雕刻作业。正因以此锻造出的肉体严格地属于生，所以它的价值就在于它每个光辉的瞬间。正因如此，人体雕刻才以不朽的大理石，来纪念某一瞬间的肉体的精华。

于是，死正是在接下来的一个瞬间，隆隆作响。

我确实能感觉到正在逐渐掌握对英雄主义内涵的理解。把一切英雄主义都看作滑稽之物的犬儒主义，一定存在肉体性自卑感的阴影。对英雄的嘲笑，一定出自自身肉体条件不符合英雄标准的男人之口。在这种情况下，操纵着被伪装成普遍性与一般性理论的语言表现，却并不体现出笔者的肉体特征（至少从世间一般人看来没有体现），这是多么虚伪的做法。我还未曾从体格条件配被称为英雄的男人口中听到过他们对英雄主义的嘲笑。犬儒主义一定与稀少的肌肉或过剩的脂肪相关，英雄主义和强大的虚无主义则与经过锻炼的肌肉相关。这是因为，所谓英雄主义终究是肉体的原理，同时又归于肉体的强壮与死亡的破坏两相对照的缘故。

自我意识要粉碎所发现的滑稽，只要拥有肉体的说服力便足够。因为在卓越的肉体里有悲壮的成分，却丝毫没有滑稽的东西。但是，最终将肉体从滑稽中拯救出来的，恰恰是健全强壮的肉体之上关于死的要素，肉体的品格必须依靠它来支撑。如果斗牛士的职业与死毫不相干，那么他那身华美优雅的衣裳，该显得多么滑稽啊。

然而，当运用肉体试图探索终极感觉时，胜利的瞬间在感觉上往往只是浅薄的东西。所谓敌人，所谓"回望的实体"，最终正是死亡。由于任何人都无法战胜死亡，因此所谓胜利的荣光，就只不过是纯现世的荣光的极致而已。倘使是这样纯现世的荣光，那么我们运用语言艺术的力量，未必就不能多少获得一些类似的东西。

但优秀的雕刻，比如德尔斐的青铜驭手像，这尊如实地表现了胜利者瞬间的荣光、自豪和腼腆的不朽作品，它所呈现的是距这尊胜利者像不远的前方，正逼将过来的死亡的姿态。同时它也象征性地揭示了雕刻艺术的空间局限，暗示了人生高光的前方，只有衰退。雕刻家无论如何傲然视物，都仅仅只能捕捉到关于生的最佳瞬间。

如果说肉体的严肃性和品格，只在于其所内含的死亡要素之中的话，那么抵达此处的捷径，理应是与苦痛、受苦以及作为生的确切证据的意识的持续性息息相通。于是，如果当激烈痛苦的死亡与血脉偾张的肌肉两者巧妙结合的事件发生时，只能认为这是基于宿命的美学要求而发生的。然而，众所周知，宿命极少听取美学的要求。

虽说我少年时并非无知于各类肉体痛苦，但少年时混乱的头脑和过度敏锐的感受性，将其与精神痛苦混杂在了一起。扛着三八式步枪从强罗到仙石原，再翻过乙女山岭抵达富士山山脚下的原野，这样的行军对一个中学生来说，的确十分艰苦。但在这种受苦过程中，我只看到了被动的精神痛苦。当时我的身上，缺乏一种主动寻求痛苦、主动承受痛苦的肉体性勇气。

作为勇气证明的受苦，是遥远原始的成年仪式的主题，而所有成年仪式又是死亡与复活的仪礼。勇气，尤其是肉体性勇气，隐藏着意识与肉体彼此深深的相克作用，人们却早已把它忘记。乍一看，似乎意识是被动的，行动中的肉体才是"果敢"的本质，然而在肉体性勇气的戏剧里，这种作用恰恰相反。肉体因自我防卫功能在一味退行，唯有明晰的意识在掌管着促使肉体飞翔、做出自我放弃的决定。这种明晰意识的极限，就成为自我放弃最强烈的动因。

承受痛苦，经常是肉体性勇气的任务。即是说，所谓肉体性勇气，是理解并试图体味死的嗜欲之源，这才是对死的认识能力的第一条件。书斋的哲学家，无论如何反复思考死亡，如果他与作为对死的认识能力的前提条件的肉体性勇气无缘，最终也无法掌握关于死亡本质的分毫。事先声明，我在这里所探讨的是"肉体性"勇气，与所谓知识分子的良心、知识分子的勇气之类并无干系。

尽管如此，我生活的时代，竹刀已经不再是剑的直接象征，手握真剑坐姿出刀，实则不过是在徒斩空间而已。剑道中虽凝聚着一切男性之美，但这种男子气概于社会而言已无用处。这一点与只凭借想象力的艺术相比，并没有多大的差别。我憎恨这种想象力。在我看来，所谓剑道，必然容不得一丝想象力介入。

再没有谁比梦想家更为憎恨其过程中促使梦想形成的想象力。深知这一点的讽刺者，可能会嘲笑我的自白。

但是，从某天起，我的梦想成了我的肌肉。从那里生成、在那里存在的肌肉，或许可以无限接纳他人的想象力存在，却绝不允许我自身的想象力置喙。我开始能够迅速认识我所看到的人们的世界。

如若成为他人想象力的诱饵，但自身不拥有任何想象力就是肌肉的本质的话，那么我想更进一步，在剑道中寻求给自我和他人都不留下任何想象力余地的纯粹行为。有时让我感觉这一愿望实现了，有时却又觉得并未实现。但总之，它就是战斗、疾驰、呐喊的力量。

沉重、幽暗、一直保持均匀静态的肌肉群，是如何了解到行为上狂热的瞬间的呢？我热爱在任何精神性紧张的高潮中，都如涓涓细流般的意识的清冽。我已经不能再认为，狂热的赤铜总是在受到意识的银所锻造，是仅属于我的知性特质。它是促使狂热成为狂热的真正理由。因为我开始相信，只有在静态中得以完善、沉默而强有力的肌肉，才是我意识明晰的根源。有时偶尔与护具错位的打击给予肌肉疼痛感时，一种想要压制这种疼痛的更加坚韧的意识会在瞬时产生，而狂热也会想要克服急迫的呼吸的痛苦……就这样，我窥视到与长期以来给我恩惠的那个太阳不同的另一个太阳，它是充满幽暗激情烈焰的另一个太阳，它不会灼烧人的肌肤，取而代之，它是拥有异样光辉的死之太阳。

对于知性而言，与第一个太阳的危险性相比，第二个太阳更具有本质上的危险性。而这种危险性，让我欢喜不已。

……那么，我在其间又是怎样与语言打交道的呢？

我已经使我的文体和我的肌肉相称，因此文体变得柔美、自在。我剥离了类似脂肪的装饰，而对于肌肉性的装饰，即便在现代文明中一无用处，但为了威信与美观依然必需的这种装饰，我精心地将其维持下来。我不喜欢单纯的功能性文体，正如不喜欢单纯的感觉性文体那般。

然而，那是一座孤岛。恰如我孤立的肉体，我的文体同样处于孤绝的境地。它不是接纳性文体，而是一味拒绝性的文体。我格外重视格式（尽管我自己的文体不一定如此），喜欢像冬天武士宅邸前玄关木踏板那样的文体。

当然，这样的文体日渐背离时尚。虽然我的文体中满是对句，具备古典风格，气宇轩昂，不乏风骨，但是不论走到哪里都保持着典礼之上的庄重步调，就连穿过他人的寝室时也要步调一致。我的文体像军人一样，总是挺起胸膛。并且，我蔑视他人弯腰驼背、歪七扭八、曲着膝盖、甚而摇晃腰板似的文体。

我并非不知道在这个世界上存在不打破姿态就看不见的真实。但这些交给别人去做就好了。

我开始暗自企图，将艺术与生活，文体与行动伦理统一起来。如果文体与肌肉和行动规范相似，那么它显然具备对想象力的放肆加以抑制的功能。其结果被抛弃的真实便不值一提。另外，这种文体脱离了混沌和暧昧所带来的恐怖与战栗，对于此我并不介怀。我决定从真实中只采用一定的真实，我无意于包罗万象的真实。我想要抛却软弱丑陋的真实，对于想象力的沉溺给人以病态的影响，则要留心运用精神上的一种外交辞令，与它进行交涉。但是，轻视它的影响或对其等闲视之，这显然是危险的。在连绵的文体城墙外，肉眼不可见的想象力的病态伏兵，或许不知何时将策划卑鄙的夜袭。我夜以继日地站在城墙之上警戒。在夜的广袤旷野上，燃烧着一团信号般的红色火焰。我想它是篝火。果然不多久，那团火便熄灭了。我有作为捍卫武器的文体，它对抗着想象力及作为其幕后黑手的感受性。无论是在陆地，还是在海洋。如果是在海洋上，那我就会要求自己的文体像二等航海士那样通宵达旦地紧张瞭望。我最厌恶的，就是败北。我会被侵蚀，会被感受性的胃液从内部烧融，最终丧失轮廓、液化、消融，就连自己周遭的时代与社会也全将如此——让我的文体去迎合这样的过程，我怎能容忍如此不堪的败北！

具有讽刺性的是，众所周知，艺术作品恰恰是从那样的败北与精神之死中，造就杰作。退一步讲，即使承认这种杰作是艺术的胜利，但它也是未经战斗的胜利，是艺术独特的不战而胜。无论胜负，我所寻求的东西是战斗本身，不战而败，甚或不战而胜，皆非我所属意。另一方面，我也知悉，一切战斗本身都拥有艺术上的虚伪性质。如果我无论如何都希望战斗，就需要在艺术中构筑防卫的堡垒，并向艺术之外发动攻击。我必须在艺术中是个恪尽职守的护卫，在艺术之外是个骁勇善战的士兵。我的生活目标，变成努力获得作为一名战士的种种资格。

曾经，我认为并对他人讲，正是在战后这种所有价值都颠倒的时代，才应当恢复"文武双全"这种古老的德目。此后的一段时间里，我没有对这一德目予以关心。后来，随着我开始渐渐从太阳与铁那里领会到用肉体去描摹语言的秘法后（并非仅是用语言描摹肉体），在我的体内，两极性开始保持平衡，就像直流电让位于交流电。我的构造从直流发电机变成交流发电机。并且，在自己体内潜藏着绝不相容的、向相反方向交互流动的东西，它们看似让我愈加分裂，实际上却是在每一瞬间思考着创造出不断破坏又不断复苏的生机勃勃的平衡。让自己拥有这种矛盾性的自我包容，这种于体内相互对抗的矛盾与冲突的常态，才真正是我的"文武双全"。

一直以来，我都在关心文学的相反原理。如此，于我而言，这种关心初次结果。如果说，对死如烈焰般的希冀，绝不是与厌世和无力相关联，而是同充沛的力量、生的绝顶之花以及战斗意志相关联中，存在着"武"之原理的话，那么恐怕再没有比这更反文学原理的东西了。所谓"文"之原理，就是在死被压抑当中秘密作为动力被利用，力量一味献给虚妄的构筑，生总是被保留、被储存起来，与死适度结合，被施以防腐剂，被用于制作骇人的永生艺术作品之上。或许这样说更为合适：所谓"武"，如开花及凋落，所谓"文"，则是培育不朽之花。而所谓不朽之花，即假花。

于是，所谓"文武双全"，就是凋落的花和不落的花兼而有之，是将人性中最为相反的两种欲求，以及为实现这欲求的两个梦集于一身。这样一来会发生什么？对于一方是实体、另一方就必然虚妄的一对，如果通晓双方的本质，知悉其源泉，与其秘密产生关联，就是对某一方而言，悄悄地破坏着另一方的终极之梦。即是说，当"武"将自身当作实体，将"文"看作虚妄时，它将自己作为实体的最终证明的权限，委托于虚妄之手，既想利用虚妄又将梦寄托在虚妄之上，如此，叙事诗便写成了。另一方面，当"文"将自身当作实体，将"武"看作虚妄时，它就会在自己最终的虚构世界的顶峰，再次梦见那虚妄，它必须察觉到：自己的死已经不被虚妄所支撑，在自身工作的实体背后，紧接着作为实体的死。那是去造访已不在世的人的恐怖的死。不过，他最终可以梦见在作为虚妄的"武"的世界里，存在着不是那种死的死亡。

所谓破坏这个终极之梦，就是逐渐获知"武"中所梦见的虚妄之花，终究不过是一朵假花的秘密；获知"文"中所梦见的被虚妄所支撑的死，也并非什么恩宠式的死。即，在"文武双全"里，所有梦的救济都断绝了，本来彼此间绝不能相互道破的一对秘密，却相互揭穿了对方的真面目。必须凭一己之身同时拥抱死的原理的终极幻灭及生的原理的终极幻灭，而泰然自若。

人能凭着这样的理念存活吗？不过所幸，"文武双全"的理念呈现其绝对形态的情况极其稀罕，即使真的实现，也会在一瞬间结束。因为这样一对互相侵犯的终极秘密，纵然会以不安的形态不断被意识到或被预感到，却到死才能得到被证明的机会。"文武双全"之人，在死的瞬间，正是其"文武双全"那无救的理想试图实现的瞬间，他定会从某一方面背叛这一理想。一直以来，将他束缚于这种理想毫不留情的认识中的，正是生本身的力量。因此，当死来临时，他定会背叛这种认识。否则，他必然无法承受死亡。

但当我们活着时，可以同任何认识戏耍。运动中时时刻刻的濒死感，与此后复苏的爽快感就是证明。不断地濒临破灭而获得的均衡，才正是认识上的胜利。

我的认识总是在打呵欠，因为它只对格外困难的、几乎无法解决的命题才感兴趣。或者应当说，唯有危及认识本身的那种危险游戏才能吸引认识的注意。那之后凉爽的淋浴也是如此。

过去，我曾将认识的目标放在胸围一米以上的男人身上，想要探索他对于围绕自身的外界是怎样的一种感受。对于认识而言，这显然是一个棘手的课题。因为认识原本是将诸多感觉和直观当作线索拨云见日。但在这种情况下，线索被连根拔起，认识的主体在我一侧，总括性存在感觉的主体却让给了对方。

试想，所谓胸围一米宽的男子的存在感觉，它本身就必须是世界总括性的东西，对于作为认识对象的这个男人来说，有必要将除他以外的所有一切（也包括我），变形成为他感觉性外界的客体。在这种条件下，如果不进一步使这种概括性认识倒流，那他就不可能把握其正确的形象。这就像是企图认识外国人的存在感觉究竟如何。这时候，我们只能援用诸如人类的、普遍人性的、进而概括性的抽象概念等，以假设的尺度去衡量。然而，它终究不是严谨的认识，而不过是把终极未知的要素原封不动地放置一旁，从其他的共通要素中加以类推而已。这样一种跑题的做法，让"真正想知道的事"依然无法知悉。又或者，想象力就会出来抢风头，用各种诗和幻想来修饰对象。

但是，突然间，一切幻想都消失了。感到无趣的认识只去追求难以理解的东西，后来，突然间，这份难以理解开始瓦解……胸围一米以上的男人竟是我自己。

过去以为在彼岸的人们，如今已和我在同一岸上。已经没有谜，谜只在于死。这样没有谜的状态绝不是认识的胜利，因此我的认识的自豪感被深深伤害，闹起别扭的认识再次开始打哈欠，再次开始卖身给曾经那样憎恨过的想象力。于是，永远属于想象力的唯一的东西，即是死。

然而，有什么不同呢？如果说，前来夜袭的病态的想象力，那种带来官能性的、放肆的感觉性沉溺的想象力的一切渊源都在于死的话，那么光荣的死与这种死有什么不同呢？浪漫的死与颓废的死有什么不同呢？文武双全那苛刻的无救，或许会告诉我这些终究是相同的。并且还会告诉我们，文学上的伦理也好，行动上的伦理也罢，不过都是为了抵抗死与遗忘的虚无的努力。

如果说存在不同，那就会归结于是否存在将死当作"可见之物"的这种名誉观念，以及有无基于这种观念的死在形式上的美好形象。也就是说，有无走向死亡时的悲剧性和走向死亡时的肉体美。

人在出生时，同等地接受了上天赐予的不平等和幸与不幸的巨大差距。并且在"唯美的死"这一点上，同样存在这样的不平等和幸与不幸。只不过，由于现代人在生死问题上，几乎没有像古代希腊人那种优雅地生、唯美地死的希求，这种不平等也因此被模糊化了。

男人为什么只有通过壮烈的死才能与美发生关联呢？在日常生活中，男人深深受到社会性监视，绝不被允许与美发生关系，单单男性的肉体美，只会被看作无媒介的客体而遭受蔑视。一直以来，任人欣赏的男演员这种职业，并未能够获得真正的尊重。男性被苛以如下关于美的严密法则，即男性在平时决不允许自我客体化，只有在通过极致的行动时才能发生客体化，那恐怕就是死的瞬间。在那时，即便实际上无法被看到，一种虚拟的"可见之物"获得允许，也只有这一瞬间，他作为客体所呈现的美才能存在。特攻队的美就是上述这种美，它不仅是精神性的美，也是一般男性认为的极致性感的美。并且这时成为媒介的，是常人无法企及的壮烈的英雄行动。因此在那里，无媒介的客体化无法成立。面对这样传播美的最高行动的瞬间，语言无论如何想要接近，都只能停留在近似值上，正如飞行体永远无法达到光速一般。

不，现在我想说的，不是关于美。想要谈论美，是要渗透到问题里来探讨，我并不想用这种方式来探讨问题。我想做的是，让各种观念像坚硬的象牙骰子那样地排列开来，由我去限定它们各自的作用。

我已然发现想象力的渊源在于死。于是我需要日夜加固防备，以应对想象力的侵犯，但自然，我也想反过来利用从年少时起不断折磨我的那种想象力，把它加以转换，来当作逆袭的武器。但是，在艺术工作中，我的文体早已到处筑起堡垒，以阻止那种想象力的侵犯。因此，我若要企图反击的话，就必须在艺术外的领域里进行。这就是我亲近"武"之观念的开端。

曾经，我是个时常凭窗，期盼远方飞来成群珍奇事的少年。既然无法凭借自己的力量改变世界，便满心期许着世界的自我改变。世界改变面貌或许对少年的不安而言是紧急必要之事，是每天所需的食粮，是没有它便无法生存的东西。世界改变面貌这种观念，对于年少的我来说，就如同睡眠和一日三餐一样的必需品。我以这种观念为母胎，它培育了我的想象力。

后来，世界似改变了，又似没有改变。纵然世界变成如我所期盼的模样，也会在发生改变之后，立马丧失其丰润芳醇的魅力。在我梦想的尽头，总是极端的危险和悲惨的结局。我未曾梦见过哪怕一次幸福。最适合我的日常生活，就是每日世界的破灭；最难以让我生存的非日常性的感受，恰恰是和平。

只是，我缺乏予以应对的肉体条件。我明显表露出一种不知抵抗之法的感受性，只是一味期待着珍奇事的到来。当它真的来临时，我只想把它接受下来，而并非与之战斗。

过了很久，我发现一种类推的成立：如果这个颓废派少年的心理生活，能够有幸获得支撑它的力量和战斗的意志，那么他就会过上武士模样的生活。这是一种不可思议的、令人目眩的发现。从那时起，我掌握了能够反向操纵那种想象力的机会。

如果说，死作为日常且不言自明的这种生活，对我来说是唯一的"自然世界"，且这种自然性无法通过人工构筑获得，却能通过极其非独创性的义务观念轻易获得的话，那么自然而然地，我就会逐渐被这种诱惑所吸引，甚至企图把自己的想象力改变成义务。恐怕不会有比对死、危机和世界崩溃的日常想象力转化为义务的瞬间更为耀眼的瞬间。但是，为此必须培养肉体、力量、战斗意志和战斗技巧，至于培养过程，只要用过去培养想象力的同样手法去培养即可。这是因为，想象力和剑，在培养对死的亲近技巧这一点上是相通的。并且，这两种东西都是越尖锐越能将自我引向毁灭。

磨炼对死和危机的想象力，与磨剑具有相同的意义。回想起来，这种任务或许曾从远方呼唤过我，但由于我的无能和胆怯，只是一味地故意避开了。后来，随着我逐日将死移上心头，每一瞬间都在朝死亡应有的模样收敛，把对最坏事态的想象力与荣光的想象力放置到同一位置上……如此，我把长久以来于精神世界里来往的东西，转移到肉体世界便足够了。

如前所述，为了接受这种粗暴的转化，即使在肉体世界里，我也准备万全，调整出随时可以接纳的姿态。在我的内里，产生了一种"一切皆可回收"的理论。既然连和时间一起每时每刻都在成长、又每时每刻都在衰退的被封闭在"时间"里的囚徒——肉体，都证明可以回收，那么产生"时间"本身也可以回收这样的想法，也无不可吧。

于我而言，"时间可以回收"，意味着过去不可能完成的唯美的死将即刻成为可能。何况，我在这十年间，学习了力量，学习了受苦，学习了战斗，学习了克己，也学习了带着喜悦来接受这一切的勇气。

我开始梦想拥有作为一名战士的能力。

……谈论不需要任何语言的幸福，是相当危险的事。

不过，从上述内容理应可以轻易察觉，要想招致我口中的幸福，需要满足诸多极其麻烦的条件，并需要履行极其复杂的程序。

后来，我度过了一个半月短暂的军旅生活，它给我带来了各样幸福的闪光片段，其中一次看似最无意味、最非军队性的瞬间所体会到的难以忘怀的无上幸福感，我无论如何都想把它写下来。尽管这种无上的幸福感源于军队这个集体，但就像迄今总在我人生道路上出现的情景那样，总是在我形单影只时向我袭来。

那是五月二十五日初夏的一个美丽傍晚。我隶属伞兵部队，事情发生在这天训练结束，我独自洗澡后回宿舍的途中。

黄昏的天空染上了蔚蓝和桃红，一片草坪如翡翠般闪烁。我走过的小路四周，星星点点散布着当年旧骑兵学校古老雄伟的乡愁风木制建筑物。还有当年是室内马场的体育场，和当年曾是马棚的军队小卖部。

我穿着一身运动服——今天刚发下来的白色棉质运动裤，运动鞋配运动背心。连粘在裤脚上已经干了的泥土，也为我的幸福感平添了几分色彩。

今早进行了降落伞操作训练。入浴后，我的胳膊还在隐隐作痛，再加上连续从距地面十一米高的跳塔做跳伞训练，让我第一次体验到将身子抛向空中时那种极其稀薄的感觉，那种像糯米纸般易破的透明感觉，如今还残留在我体内。接着就是体能基训和长跑，急速的深呼吸，化为一股慵懒的感觉遍及全身。枪和所有武器就在身边。我的肩膀随时准备为架起枪做好了准备。今天我在青草上尽情地跑，身体晒成了金黄色。在夏天的阳光下，我望着下方十一米的地面上的人影，与这些人的足迹鲜明地联结在一起。我预见到下一个瞬间我的影子将落在那里，那时，它不会与我的身体相结合，而是像地面上一洼黑水似的孤立。但我还是从银色的塔顶纵身向空中跳去。那时很明显，我从我的影子、我的自我意识中获得了解放。

我的一天最大限度地被肉体和行动所占领。有惊险、有力量、有汗水、有肌肉，随处可见夏天的青草，微风扬起了一阵尘土越过小径，夕阳徐徐西斜，我穿着运动裤和运动鞋，在那里信步而行。这正是我所期盼的生活。尽情沉浸于夏日黄昏的体育之美后，行走在古老校舍和树丛中，那种孤独粗犷的体育教师的一刻，此时成为我的囊中之物。

在那里有某种精神的绝对闲暇、某种肉体至高无上的清福。夏天、白云、课业结束后的天空、某事终了后空虚的蓝，从树隙间倾泻的日光渗出的忧郁色彩，以及感到与这一切都很般配时的幸福，让人陶醉。我当真存在！

这种存在的手续是复杂的。对我来说，那里诸多崇拜式的观念，不通过任何语言，与我的肉体和感觉直接相连。军队、体育、夏天、云彩、夕阳、夏草的绿意、洁白的体操服、尘埃、汗水、肌肉，甚至是极微量的死亡气息。在那里什么都不缺，拼图中连一块碎片都不缺。我完全不需要他人，连语言也不再必要。这个世界由天使般的纯粹观念要素组成，掺杂物暂时被推到远方。犹如夏天灼烧过的肌肤沐浴清凉一般，我的心中满是与世界融为一体的无垠的喜悦。

我口中的幸福，或许与人们所说的危机同在一处。因为我不通过语言而融合，并因此感受到幸福的世界，即悲剧性的世界。当然，在那瞬间悲剧还没有形成，但那里已然孕育着一切悲剧的因子，包含了破灭，切切实实是个欠缺"未来"的世界。我已完全取得在那里居住的资格，这种喜悦显然是我幸福的依据。我感到自己的通行证不是通过语言获得，而是完全通过肉体性教养获得，这是我自豪的依据。只有在那个世界里，我才能畅快地呼吸，那是一个完全缺乏日常性、完全欠缺"未来"的世界，这个世界正是我从那场战争结束以来，在愈演愈烈的焦灼中不断追求的世界。然而，语言绝不会给我这样的世界。岂止如此，它还会鞭打我，让我尽可能地远离那里。因为任何破灭性的语言表现，都属于艺术家的"日常工作"。

这是何等讽刺啊。原本那个不见明日的破败时代，就像覆在茶碗边缘、浮在热牛奶上的一层奶皮。但我没有资格喝干这碗奶。其后通过漫长的磨炼，当我取得足够的资格返回时，不知谁早已把牛奶喝光，茶碗露出了冰凉的碗底，这时我已年过四十。我为难不已，因为能够治愈我干渴的东西，唯有早已被别人喝光的那碗热牛奶。

所有的一切，并非如我想象那般皆可回收。时间果然无法被回收，但回想起来，我的这种企图反抗时间不可逆转性这一本质的生存方式，难道不是战后的我开始试图违反所有的常理而活的最典型的态度吗？如果像人们所相信的那样，时间当真不可逆转的话，那么我此刻是否能够在此这般存活？我在自己的内部有充分的理由做这样的反问。

我概不承认自己的存在条件，而将其他的存在手续强加于自己。原本，保障我的存在的语言，既然限制着我的存在条件，那么所谓"其他的存在手续"，不外乎是主动投身于由语言唤起并投射的影像，是从由语言所创造的一方逐渐过渡到凭借语言被塑造的一方，通过巧妙细致的手续，确保了一瞬间的存在影像。唯有在短暂的军旅生活中，那孤独的被选择的一瞬间，我能够真实存在，这诚然是符合道理的。我的幸福感的依据，显然是于过去腐朽而遥远的语言投下的影子所结成的影像中，哪怕是一瞬间，有我化身而成的形象。但是，保障它的已不是语言。在拒绝语言保障存在之处所产生的存在，必须由其他来加以保障。那正是肌肉。

自然，这种带来强烈幸福感的存在感，在下一个瞬间便瓦解了。但显然，唯有肌肉免于瓦解。令人苦恼的是，要认识到肌肉免于瓦解这一点，仅凭存在感觉是不够的，自己的肌肉只能用自己的眼睛来确认。但严格来讲，"所见"与"存在"，是背反的。

自我意识与存在之间的微妙矛盾，开始让我感到苦恼。

这是因为，如果试图使所见与存在同一化，尽量让自我意识的性格属性变成向心性，这会是有利的。一味使自我意识的眼光朝向内面与自我，使自我意识全然忘却存在的形态，人就会像埃米尔日记中的"我"那样，能够确切存在。但这样一来，它就会像一个能从外部对其核心一览无余的透明苹果般的奇怪的存在，也唯有语言才能保障这种情况下的存在。一个模范的、孤独的、富有人性的文学家。

然而，世间也有与存在的形态相关的自我意识。对这种自我意识而言，所见与存在，一定是两相背反的。因为这是一个关于如何从被不透明的红色果皮包裹住的苹果外部看见苹果核心的问题。另一方面，也是关于从外部观察这样光鲜的红苹果的目光，如何才能潜入苹果内部并成为其核心的问题。并且，这时作为苹果的存在，必须是一个健康正常的红苹果。

我们接着以苹果做比喻。这里有一个健康的苹果。这个苹果如果不是通过语言而开始的存在的话，那么它就不可能如埃米尔所说的那样，是从外部可见其核心的奇怪的苹果。苹果的内部理应完全看不见。于是，在苹果的中央，被果肉封闭的核心在一片苍白中盲目，它浑身战栗、焦躁不安。它期盼着亲眼确认自己是不是一个实实在在的苹果。苹果确实存在，但对于核心来说，这种存在还不够充分，它觉得如果不能用语言保障，就只能用眼睛来保障。事实上，对核心来说，所谓确切的存在形态，就是存在且可见。但是，要解决这个矛盾，只有一个方法，那就是用刀子从外部深深插入，把苹果切成两半，让核心暴露在光亮中，与被切开滚落成两半的苹果的红色果皮，同等沐浴光亮。这时候，苹果还能否作为一个苹果继续存在下去呢？被切开的苹果，其存在变得支离破碎，这个苹果的核心，为了想要看见，牺牲了存在的完整性。

当我知道那将在下一瞬间瓦解的完整的存在感，不是用语言，而是只能用肌肉来保障时，我或许已然身负起苹果的命运。的确，我的眼睛能在镜子里看见我的肌肉。但如果只是看见，无法凭它接触到我的存在感，因而与那种幸福的存在感之间依然横亘着遥不可测的距离。如果不迅速填埋这一距离，恐怕难以一直抱持复苏那一存在感的希望。即，押宝在肌肉上的自我意识，宛如苹果盲目的核心，它无法满足于单单知道能够保障存在的东西就潜藏于四周的苍白果肉里。它被无以名状的焦躁感驱动着，渴望确切地证明存在的成立，甚至不惜破坏掉存在本身。这是一种没有语言、只是观看而带来的激烈的不安！

自我意识的目光本是向心性的。它习惯于通过语言这一媒介，监视不可见的自我。因此，它对于如肌肉这般可见之物并非寄予充分的信赖。它定会冲着肌肉这样问话：

"你看起来不像是一种假象。那么就让我见识见识你的本领吧。让我看一看，你活过来、动起来，去发挥自己的原本功能，来实现你原本的目的吧。"

于是，依照自我意识的要求，肌肉开始动了起来。不过，为了使其行动确实存在，肌肉的外部就需要有假想敌，而为了使假想敌确实存在，就必须冲着我的感觉领域施以猛烈一击，以让唠叨不停的自我意识沉默下来。正是这个时候，应要求而来的敌方的刀子，向着苹果的果肉，不，是向着我的肉深深地捅了进来。血在流淌，存在被破坏，大概唯有通过这种被破坏的感觉，存在才能获得全面的保障，所见与存在之间矛盾的间隙才能被填满吧……那就是死。

于是我便得知，军旅生活中某个夏天黄昏一瞬间幸福的存在感，正是通过死才能最终得以保障的。

我当然知道，所有这一切都是预想的事，像这样特别定做的存在的根本条件，只有"绝对"和"悲剧"。当我为自己办理语言之外的存在手续时，死已然降临。这是因为，无论语言再如何用破坏性外表来伪装自己，它也与我的生存本能深深相关联，它属于我的生。只有当我心怀"想活下去"的意愿，我才能有效地运用语言，难道不是吗？正是语言，维系着我的生命，直至自然死亡的来临。语言，是"致死"的慢性病菌。

我前面谈及武士形象与我的亲近感，以及磨炼对死与危机的想象力这项任务如同磨剑，让我产生共鸣。这些都是我以肉体作为媒介，让我对精神世界的一切比喻成为可能。并且我发现，一切与预想并无偏差。

不过，平日里飘荡在军队里的那种庞大徒劳的印象，将我压倒了。当然，这在很大程度上来自日本庶出的军队，他们有一种故意被传统和荣光疏远的不幸的特质。

这就像是给巨大的电池充了电，却又因自放电无端枯竭，就这样重复着充电与放电的作业，电力永远无法被使用在有效用途之上。为"一定会来的战争"这种庞大的假设奉献一切，编制周密的训练计划，士兵们勤奋刻苦，但日子一天天过去，终究什么事都没有发生。昨天处在最佳状态的肉体，今天隐约呈现衰势。衰老被一个接一个地规整，青春被接连不断地注入。

我直到现在才领会到语言的真正效用。语言的对手并无其他，正是处于现在进行时形态的虚无。在等待不知何时前来造访的"绝对"的时间里，这个不知何时终了的进行时形态的虚无，才是语言真正的画布。污染虚无、浸润虚无，就像如今依旧会在清澈的河水里漂洗的京都友禅染一样，以无须二度着色的华美色彩与构思，给虚无施以颜色的语言，就这样于每一瞬间都将虚无完全消费，又在每一瞬间固定了下来。语言只有结束，才会留存。被述说时语言会终了，被写出时也是终了。通过终了的累积，通过生的连续感一刻一刻地中断，语言会获得某种力量。至少，它可以减轻一些在等待名为"绝对"的医生期间，候诊室巨大的白色墙壁所施加的压迫性恐惧。在污染虚无的每一瞬间，语言不断地中断着生的连续感，但同时，至少也将虚无翻译成了某些实质性的东西。

将事物终了的这种力量，纵然它是假设，语言也确实具备着这种能力。死刑囚所写的冗长手记，或许就是每时每刻都想用语言的力量来终结超越人类忍受极限的漫长等候期的一种咒术。

我们在等待"绝对"期间，一直面对着现在进行时形态的虚无。这时候，留给我们的只有选择做何尝试的自由。总之，我们必须做准备。这种准备之所以被称为提高，或许因为其间或多或少地潜藏着人类的某种哀切的愿望，即人们想让自己尽可能与那从未见过却又势必来临的"绝对"的画像相称一些。这是一种希望自己的肉体或精神同等接近这绝对画像的自然而公正的欲望。

然而，这种企图必然会遭受全面的失败。因为无论进行如何残酷的训练，肉体定会逐渐走向衰退，无论如何反复经营语言，精神也不会认识"终了"。语言一点点地结束，已经因语言丧失了生的连续性的精神，无法分辨出真正的终了。

掌管这一企图所遇挫折和失败的，正是"时间"。而"时间"有时会极为罕见地垂下恩泽，将这种企图从挫折和失败中拯救出来。那就是所谓"夭折"的神秘意味，希腊人把它称作受众神所爱者，对此欣羡不已。

然而，我已经丧失了在清晨里青春特有的容颜。那是不管昨日的疲劳如何深沉混沌地沉入水底，一夜过后，天明时分，都能再次浮现于水面之上生机勃勃地呼吸的一张清晨的脸庞。说来可悲，将这清晨的脸庞，即将自身无意识中的真实容颜暴露于朝日光辉之中的粗野习惯，许多人自始至终都不舍得丢下。习惯留了下来，容颜却不断发生变化。于是，人们未能察觉到这张在不知不觉间荒废于思索与情念中的真实脸庞，已然变成一张拖着昨夜疲惫的沉重枷锁的容颜，同样地，他们也未察觉，将这样一张脸暴露于太阳之下是一种无理的行为。于是，人们就这样丧失了"男子气概"。

有男子气概的战士的脸，必须是一张虚伪的脸。在丧失自然年轻态的晴朗之后，必须由一种政治学加以塑造。军队就是个很好的例子。清晨指挥官的脸，是会被人解读的脸，是人们可以从中迅速发现每日行动标准的脸，是包藏自己内心的疲惫、无论何等绝望都足以鼓舞他人的乐观的脸，是旁置个人悲伤、隐瞒昨夜噩梦、充满活力的虚伪的脸。只有这样一张脸，才配得上是走过青春的男人对朝阳施以礼节的脸。

在这个问题上，失去青春的知识分子的脸，让我毛骨悚然。那真是丑陋无比。它们是何等地欠缺政治学塑造啊！

我开始文学生活时，采取的方法不是如何表现自己，而是如何隐蔽自己。这样的我不得不感叹军队中军装的功能。语言最佳的隐形斗篷是肌肉，肉体最佳的隐形斗篷是制服。并且军装被设计成了对骨瘦如柴的肉体和大腹便便的肉体都不合身的款式。

再没有什么比军装概括出的人的个性更为简单明了的了。身穿军装的男人，仅凭这身衣服，会被简单地当作战斗人员来看待。不论这个男人的性格和内心如何，不论他是梦想家还是虚无主义者，是宽容还是吝啬，也不论制服内有多么瘆人的精神黑洞，又或充斥着何等的恶俗野心，他都只会被单纯地当作一个战斗人员来看待。这身服装终究会被叠起，或被枪弹穿透，被鲜血染红。这样的特质，恰恰实现了自我证明必将走向自我破坏的这一肌肉特质。

……虽说如此，但我绝不是一名军人。军人这种职业相当具有技术性，它比任何职业都更需要漫长周到的教育。而且为了不丧失已经习得的东西，就要像钢琴家为了不遗忘精妙的技巧，必须每日勤于练习一样。我曾充分地亲眼见识并亲身学习过，他们需要如何一刻不松懈地反复修炼。

大概再没有什么会像军队那样，纵使多么不值得一提的任务，都源自崇高无上的荣誉，在某处与死相关联，成就了军队的辉煌。与此相反，文学家只知道从自己无比熟悉的内心角落的杂物堆里拣出自己的荣誉，并精心打磨。

我们拥有两种呼声：一种是来自内部的呼声，一种是来自外部的呼声。来自外部的呼声，就是"任务"。如果响应任务的心能与来自内部的呼声完美呼应，那就是再幸福不过的事吧。

虽已进入四月，却依旧冷雨潇潇的某个下午，原本计划参观无后坐力炮试射枪射击，后听说活动因雨天取消，于是我独自待在宿舍。这是在富士山麓令人想起略有寒意的冬日的一天。这样的日子里，城市的高层建筑定会在白日里便灯火通明，人们埋头工作；千家万户的主妇们在灯下边织毛衣边看电视，心里嘀咕着是不是暖炉收得太早了。在普通市民的生活里，缺乏那种蛮横地把人拽到不打伞的冷雨中的力量。

突然，一个军官乘坐吉普车来接我。他说试射枪射击要冒雨进行。

吉普车在荒野凹凸不平的路上疾驰，车身颠簸得很厉害。

荒野上杳无人影，顺山坡流下的雨水形成急湍，吉普车爬上爬下。视野被遮蔽，风越刮越紧，草丛倒伏。顺车篷缝隙而入的冷雨无情地击打着我的脸颊。

在这样的日子里，有来自荒野的迎接，这让我感到欣喜。这是一项特别的任务，是从远方发出的激烈呼喊。我为了回应从烟雨弥漫的广袤荒野而来的呼唤，离开温暖的家匆匆上路。这是一种时隔许久未曾体验的狼的感情。

有某种东西急切地催促着我，把我从暖炉旁拽走。我没有不情愿，也无丝毫犹疑，面对这来自世界尽头的迎接（很多时候都是与死亡、快乐和本能联系在一起），我开心又振奋。出发的瞬间，我已将所有安逸和日常性统统抛弃。我感到，这样的瞬间，我仿佛在遥远的过去也曾一度体会过。

只不过，昔日传来的外部的呼声，并没有与我内部的呼声准确相呼应。那是因为我没能用肉体接受外部的呼声，只勉强用语言把它接受了下来。当它被那张烦琐的观念之网缠绕时所产生的甜蜜的痛苦，我是熟悉的；但如果以肉体为界，当两种呼声相互呼应时，又将产生怎样根源性的喜悦呢？对此，过去的我一无所知。

不久后，像尖锐汽笛般的枪声响起。我看到了冲向雨幕彼方的靶心，试射枪边经过多次误差修正，边射出如蜜橘般鲜亮的曳光弹。此后的一个小时里，我淋着雨，一直坐在泥泞之中。

……我又想起另一件往事。

记得那是十二月十四日的拂晓时分，我独自在国立体育场由红沙土铺就的大跑道上跑步。这种行为，实际上甚至不是虚构的任务，只能说是一种酒后兴起。我觉得再没有比此刻更让我感到"极尽奢侈之能事"，也再没有此刻更让我感到独自享有黎明。

那是一个零摄氏度的黎明。国立体育场宛如一朵巨大的百合花，空无一人的偌大观众席，形似一片巨大的、尽情绽放的、其上带有许多斑点的灰白色百合花瓣。

我只穿着运动衫和短裤在跑步，晨风刺骨，手几乎没有了知觉。跑过晨曦映照着的东侧观众席时，越发感到寒冷，而跑过朝阳已照射进来的西侧时，就好受些。我在四百米跑道上跑了四圈、五圈……

旭日在观众席上方露出脸来，那灰白色花瓣的边缘依然挡着光，天空隐约残留着黎明时分的蓝紫色。体育场的东边，依依惜别的冰冷的夜风依然在颓唐地吹拂。

我奔跑着，同刺鼻的寒气一起嗅到体育场的黎明所散发出来的所有种类的余香。那是观众席充满喧嚣和欢呼的余香，是清晨的凉气中愈来愈甚的消炎镇痛剂的余香，是悸动的赤色心脏的余香，是下定决心的余香。这些正是这个大体育场夜间一直保存下来的巨大百合的花香。这跑道的砖红色，无疑是百合花粉的颜色。

跑着跑着，一个念头占据了我的心。那就是苦恼于黎明将至的百合花与肉体的清净之间的关系。

这个难解的形而上的问题，让我非常苦恼，甚至忘却了持续跑步的疲劳。这个问题似乎在某一深处与我自身有关，与肉体的清净和神圣相关联的少年的伪善有关，它大概与遥远的圣塞巴斯蒂安殉教的主题联结在一起。

但愿大家留意到我没有谈及任何有关自己日常生活的事。我仅仅数度想通过这样的方式谈谈有关我自己所参与的秘密仪式。

跑步也是一种秘密仪式。它会即刻给心脏一种非日常性负担，冲刷掉终日反复的感情。我的血液不再容赦哪怕数日的停顿。我不断地受到某种东西的驱使。恐怕那是再无法忍受安逸的肉体，迅即因对激荡的渴望而催促着我。被人们谩骂作狂躁的我的生活，就这样一天天在继续。每天从健身房到练武场，又从练武场到健身房。唯有每次运动后小小的复苏感，于我而言才是胜于一切的慰藉。不停歇地运动，持续不断的激昂，从冰冷的客观性中屡屡逃遁，我仿佛已经到了没有这种秘密仪式就活不下去的程度。自然，在这一个个秘密仪式里，一定隐藏着星星点点对死亡的效仿。

我似乎在不知不觉间，进入了一种阿修罗道[1]。年龄追逐着我，在我的背后窃笑说，看你还能活多久。然而，既然这种健康的恶习依然紧紧抓住我，唯有在那个秘密仪式复苏之后，我才可能再次回到语言的世界里。

　　尽管如此，在肉体与灵魂这种小小的复活过后，我并非义务性地、不情愿地回到语言的世界。为了能欣欣然回到那里，无论如何都需要履行下述手续。

　　我对语言的要求变得越来越严密，越来越挑剔。我回避了所有时新的文体。或许我渐次开始像战争年代那样，重新努力寻找那种纯粹的语言的城堡。为了再次从语言的城堡中找到那种反论式的自由的根据地——在那里，语言的外部有某种东西在不断地强迫着我，而在语言内部是无可比拟的自由——我试图用曾经习得的同样的构图，重构这一切。

　　我想要重新找回在只承认语言纯洁作用的时代，对语言丝毫不负疚的陶醉。就是说，我想要找回被语言的白蚁蛀蚀的我自己，再用结实的肉体将它包裹。这就像儿童用结实的和纸裱衬他玩了许久后折痕处残破的绘双六[2]棋谱那样，我想要复原语言于我而言曾仅仅是幸福与自由（尽管它距真实如此遥远）的唯一依靠的状态。那意味着回归到不知苦痛的诗、我的黄金时代。

1　佛教中六道之一。是一个充满愤怒与仇恨、战乱纷争不止的处所。

2　一种日本传统掷骰类游戏，玩家在棋谱上投掷骰子比拼点数前进，最早到达终点的为赢家。可多人竞技。

那时的我十七岁，可以称其为无知吗？不，绝非如此。因为我早已洞察一切。十七岁的我所知悉的一切中，没有加入其后四分之一个世纪里的任何一点人生经验。唯一的不同，是十七岁的我不具备现实主义。

如果我能再次回到那个夏天，如凉水浴般愉快地沉浸在我的全知里，那该有多好。于是，我仔细检查了自己那个年龄段所涉及的领域，发现自己的语言确切只能有极少"使之终了"的一部分，被它那透明的全知核能所污染的区域极其狭窄。因为尽管我希望将作为念想的语言用于纪念，但却弄错了方法。我节约全知，甚至摈弃全知，将对时代风潮的一切反判定委身于语言，暴露自己的肉体缺憾，就像把书信放进信鸽赤肢上的银色信筒中委托传递那样，沉迷于让语言伴随我的憧憬一同飞向未来或死亡。虽然这实际上是为了"不让语言终了"的做法，无论如何，我沉醉其间。

希望你能回忆起我在前面提到的定义：所谓语言的本质功能，就是在等待"绝对"的漫长空白中，像在洁白的长带子上刺绣一般，通过书写，让每个瞬间逐渐"终了"的咒术。同时，我也曾说过，在语言一点点让空白"终了"的作用下，已经因语言丧失了生的自然连续性的精神中，无法分辨出真正的"终了"。因此，那样的精神绝对无法认识"终了"。

那么，当精神能够认识"终了"时，对于终于得以认识"终了"的精神而言，语言能起到怎样的作用呢？

我们知道这种形态的雏形，那就是江田岛参考馆里所展示的特攻队的诸多遗书。

晚夏某日，当我造访那里的时候，看见大半数端正体面的遗书和极少数用铅笔疾书的遗书，它们之间鲜明的对比，打动了我的心。一直以来我都有一个疑问，临死前，人会用语言述说真实吗？还是会穷尽语言将其化作一种纪念物？当我一封又一封地阅览那些静静躺在玻璃陈列柜中年轻军神的遗书时，我感到心中的疑惑突然解开了。

其中一封遗书的内容，我至今依然历历在目。那是一封用铅笔在草纸上奋笔疾书的遗书，那是充满朝气的可以称得上粗暴地迎头痛击般的笔触。如果我没有记错，这封遗书用如下意思的一句话，突兀地结束了。

"我现在精力充沛，身体里充满了青春和力量。我不觉得三个小时后自己会死掉。可是……"

当想要述说真实之时，语言必然会这般支支吾吾。这种现象是肉眼可见的。这既不是因为羞耻，也不是因为害怕——真实本身，注定要让语言表述如鲠在喉。这是所谓真实的某种不平滑性质的体现。于他而言，已经既没有了等待"绝对"的漫长空白期，语言也无暇在此期间缓慢将其"终了"。他一边奔赴死亡，生的感觉如三氯甲烷般，那种不可思议的感觉如眩晕般，最后的日常语言捕捉住认识到"终了"的精神失神的间隙，像爱犬那样扑到这个年轻人宽阔的肩膀上，而后又被粗鲁地抛弃。

另一方面，如"永世报国""击敌必中""视死如归""亘古大义"等言简意赅的遗书，显然是从诸多既成概念中，精心选取最豪壮最高贵的语言，抹杀掉全部心理性的东西，一味将自己等同于那壮丽的语言以表现出自豪与决心。

当然，这样写就的四字成语，从任何意义上讲都是"语言"。但尽管它是既成语言，却位于寻常的行为无法达到的高度，是于日常中装点门面的特殊语言。这种语言如今虽然已经消失，但在过去我们也曾拥有过。

这类语言不单单是华美词句，它们还不断要求人付诸超人的行为，要求人们为升华到此类语言的高度，果断地以死相赌。起初为表决心而说出的话，逐渐一步步要求同一化，令人进退维谷的这种语言，从一开始就缺乏与日常琐碎的心理之间架起应有的桥梁。这正是一种内容含义暧昧却充满非凡的荣光的语言。正因它本身是非个性的不朽语言，因此它严格要求泯灭个性，严厉拒绝由个性行为创造的纪念。倘若英雄是肉体性概念的话，那么这就像亚历山大大帝模仿阿喀琉斯成为英雄那样：禁止独创性和忠实地遵循古典的范例，是成为英雄的条件。英雄的语言与天才的语言不一样，应当是从既成概念中挑选出来的最豪迈最高贵的语言，同时，才应当被称为炽热的肉体语言。

如此，我在参考馆里看到了当精神认识到"终了"时的两种果决的语言。

我年少时的作品，比起这两种语言来，缺乏那样死的确定性与对死亡的接近。它们被艺术所冒犯，有的只是被怯懦充分荼毒后的从容。与特攻队唯美的遗书相比，我完全是在用另一种风格运用语言。但是，我的精神充分承认着语言的自由，甚至任由其驰骋，它一面让少年作者如其所想地放任语言的不羁，一面在某处已认识到

"终了"的存在，这是确切无疑之事。如今回读当初的作品，赫然可见这种征兆。

直到现在我仍在做梦。我想，恰如白木圆柱被白蚁蛀蚀般，拥有语言先行出现、被语言蛀蚀的肉体而后出现的这种人生的，理应不仅限于我一人。我犯下了一个矛盾的错误：一面否定独创性，一面却又在某处肯定着属于我的生的自我独创性。肉体教养会让这种矛盾暴露无遗。如此一来，在那个时代里，肉体所预见的、精神所认识的"终了"，对特攻队、对我，应当是等量分配的。我理应站在了那个"毋庸置疑的同一性"的地点上（即使没有肉体也罢！）。在已经死去的众青年中，无疑也有与我同样被白蚁蛀蚀过的年轻人。不！甚至在特攻队中，无疑也有这样的人。但幸运的是，已经死去的人们，他们被包含在落地生根、无可置疑的同一性中，即悲剧当中。

我在十七岁时的全知，不可能对此一无所知。然而我所做的，是尽可能地远离全知。我未曾打算使用任何构筑起时代的素材，错把固执当纯粹，也用错了方法。我立志留下来的，是独具个性的不朽作品。为什么这样的东西能成为不朽呢？发生这一根本性错误的原因，如今我已了于胸，那就是，当时的我蔑视了应当用语言"终了"的自己的生。

可是，对少年来说，蔑视与恐惧是同义词。我大概是害怕用语言让它"终了"。于是站在尽可能远离应该"终了"的现实的敌方，我在心里描绘着语言的不朽。然而，从这种徒劳无益的行为中，我感到一种令人心神荡漾的陶醉感。甚而至于，这种行为中并不缺乏幸福，不，就连希望也不欠缺。然后，伴随战争的结束，当精神对"终了"的认识骤然停止时，陶醉也就此停息了。

于是，当我打算回到当初，这究竟意味着什么？我所追求的，是自由吗？还是不可能性？又或者说，是否这二者实则指向同一种答案？

显然，我所想要的是对陶醉的再现。我已具备一种老练技师的自负，这一次，我要在陶醉的同时，选择非个性的语言，让它真正发挥不朽的功能来终结生。可以毫不夸张地说，我对顽固地不去认识"终了"的精神的复仇方式，仅此一种。当肉体朝着未来的衰退方向行进时，人们不朝向那一方向，而是默默跟随着远比肉体更盲目、更顽固的精神的步伐，结果被它所诓骗。我不想与他们做同路人。

我必须设法让我的精神重新认识"终了"。一切皆从那里开始。只有在那里才显然拥有我真正自由的根据。年少时，我因误用语言，完全避开了全知。这一次，我想像那年夏天舒爽的凉水浴般，再一次全身浸润在全知之水里；这一次，连那水，我都要一起表现出来。

我心里十分明白，复归是不可能的。但这种"不可能"刺激着我无聊的认识，而或许只有被这种"不可能"唤醒的认识的活力，才能引领我飞向自由。

我已经从肉体扮演的反论中，看到了文学上的自由与语言上的自由的最终形态。原来，我错过的不是死亡；我在过去所错过的，是悲剧。

……尽管如此,我错过的,是集体的悲剧,或者说作为集体一员的悲剧。如果我实现了与集体的同一化,那么加入悲剧应该是非常容易的事。不过,语言从开始便一直在发挥着让我尽可能远离集体的作用。况且,我也感到自己因缺乏融入集体当中的肉体性能力,一直在被集体所拒绝。在这样的情况下,设法使自己正当化的这种欲望,促使我积累语言的练习,这样的语言必然会一味试图避忌集体意味的东西。不,毋宁说,或许当我的存在依然停留在预兆期时,犹如黎明前下的雨那般,在我的内部一直下着的语言之雨已经预言了我对集体的不适应性。我在人生中最初做的事,便是在这样的雨中构筑自我。

我在少年时代的直觉,即"集体无疑是肉体的原理"这种直觉是正确的。直到如今,我未曾感到过需要革新这种直觉。后来,直到我认识到有"肉体的拂晓"之称的肉体的激烈行为和濒死的疲劳感后造访的那种淡红色眩晕时,我才渐渐懂得了集体的意义。

集体,与语言无论如何也无法分泌出的汗水、泪水、呼喊云云相关。再深入地讲,集体是与语言未曾流过也不可能流得出的血相关联。所谓泣血的文字,之所以能够不可思议地脱离个性表现而通过类型性表现打动人心,可能正是因为它是肉体的语言的缘故。

发力、疲劳、汗水、泪水、血液,抬神轿时同等仰望着的动摇无常的神圣蓝天——当目睹这一切时,当我意识到什么成就了"我和大家一样"的这种荣光之源时,也许我早已预见到,终有一日,我会迈过语言将我逼仄而入的个性的门槛,我必将看清集体的意义。

当然，也有为集体而生的语言。但这类语言绝非自立的语言。即，它们是演讲之于演讲者，口号之于煽动者，戏剧台词之于演员，它们各自都有为之依靠的肉体。无论是写在纸上，还是口头呼喊，集体的语言终究会在肉体性表现中发现其归宿。它不是为了从一间密室的孤独向远方另一间密室的孤独进行秘密传播的语言。集体，才是最终拒绝语言这种媒体的不可言传的"同苦"之概念。

那是因为，唯有"同苦"才是语言表现的终极敌人。在一个作家的心中，即便世界之苦如马戏团的天幕般巨大，但无论它如何朝向星空膨胀，最终也无法创造出"同苦"的共同体。这是因为，语言表现即使能够传达快乐和悲哀，却不能传达痛苦。快乐能够通过观念迅速点燃，可是痛苦，唯有置身于同一条件下的肉体才能够分担。

肉体通过集体，通过那种"同苦"，才能达到通过个体所无法达到的某种肉体的高水位。为了让水涨到可以窥视神圣的水位，就需要个性的液化。不仅如此，还需要渐渐聚集的"同苦"不断打捞容易沉沦在安逸、放纵和怠惰中的集体，以及需要引导集体中的成员走向痛苦的极限死亡的集体悲剧性。集体必须开拓走向死亡之路。我这里所指的自然是战士共同体。

早春凌晨，我成为集体中的一员，额头上系着印有红日的头巾，半裸上身一刻不停地跑步，身体几乎要冻僵。我透过同苦、同样的号子、同样的步调与合唱，切身地感受到，一种宛如皮肤上逐渐渗出的汗水般的足以确认同一性的"悲剧性的东西"在支配着我。那是从凛冽的晨风深处隐约萌发的肉体火焰，也许可以说，那就是崇高性的萌芽。"挺身"这种感觉，使肌肉跃动起来。我们在同等地期盼着荣光和死亡。这样期盼着的，并非我一人。

心脏的跃动，在集体中彼此相通，人人分享着急速的脉搏。自我意识早已远去，仿佛遥远都市的幻影。我属于他们，他们属于我，毋庸置疑的"我们"就此形成。所谓"属于"，是一种多么残酷的存在形态啊。我们带着小小的全体的环，又将巨大朦胧闪耀的全体的环当作认真思考的依靠。并且，虽然我已预见到，这种悲剧的临摹，就如同我略难以应付的幸福般，迟早会烟消云散，只能归于存在的肌肉，但我仍然梦想着能将凭一己之力时不得不还原于肌肉和语言的某种东西，用集体的力量勉强维系，并通过那条不归路将我带往彼岸。这大概是我依靠"他者"的开端。而且，他者已经属于"我们"，我们中的每个成员，正是通过委身于这种难以预料的力量，归属于"我们"。

于是，对我而言，集体就是通往某处的桥梁，是一座只要渡过便再也无法回头的桥梁。

尾声——F104

我开始看见一条巨大无比的蛇环绕着地球。这条蛇通过不断吞咽自我和自己的尾巴，镇定一切对立性。这是一条放声嘲笑相反性的终极巨蛇。我开始看到它的身影。

相反之物，在极致上是相似的；彼此相隔最远的东西，通过相互疏远而逐渐靠近。蛇环说明了这一奥义。正如在稍稍远离地球的某处，围绕着地球的白云蛇环那般，我想，肉体与精神，感觉性的东西与知性的东西，外部与内部，也在比其更高的地方相互连接着。

我是个只对肉体的边缘与精神的边缘，肉体的边境与精神的边境感兴趣，但对深渊没有兴趣的人。深渊就交给别人去处理吧。因为深渊是肤浅的，深渊是平庸的。

边缘之边缘，那里会有什么？难道只有朝向虚无的垂饰吗？

人在地面上受巨大的重力压迫，穿着沉重的肌肉铠甲，流汗、跑步、打击，勉强跳跃。尽管如此，有时，他们果然会从头晕目眩的疲惫的黑暗中，看见我唤作"肉体的拂晓"之物呈现出美丽的色彩。

地面上的人，热衷于知性冒险，仿佛可以自由飞翔。他们一动不动地伏于几案之上，向着精神的边缘、更边缘处逼近，不顾冒着坠入虚无的危险。有时（虽然极为稀有），精神也会窥见自身的黎明。

然而，这二者绝不和谐，彼此没有相似之处。

我从未在曾经的肉体性行为中，发现过类似知性冒险的、冰凉可怖的满足；我也未曾在过去的知性冒险里，体会过肉体性行为那种无我的热情、那股热烈的黑暗。

它们定然在某个地方连接起来。但，会在哪里呢？

运动的极限是静止，静止的极限是运动。这样的领域，在某处必定存在着。

如果我用力抡胳膊，就会立马损失掉一些知性血液。如果我在出击的瞬间，哪怕稍作思考，我的那一击就会以失败告终。

　　我想，一定会在某处存在更高的原理，来企图统筹和调整。

　　我认为这种原理就是死亡。

　　但是，我把死亡想得太过神秘了。我忘记了它简明的物理性一面。

　　地球被死亡包裹着。在没有空气的上空，一种纯洁的死亡在那里密集存在着。它鸟瞰着遥远地面上到处走动的人群。他们被物理性条件束缚着，也正是这种物理性条件，使人不能轻松地升腾，因此它凭借物理性作用使人丧命极为罕见。若人以真面目和宇宙接触，则非死不可。为了接触宇宙而能活命，就必须戴上假面具。戴上名叫氧气面罩的假面具。

　　假如精神和知性率领肉体抵达它们早已熟稔的令人窒息的高空，也许在那里遇见的就是死亡。如果只有精神和知性升腾，死亡不会轻易露面。因此，精神总是感到不满足，不情不愿地重新回到地上的肉体居所。当它独自升天，统一原理不会露出真容。唯有两者一同前来，它们才会被接纳。

　　我还没有遇见那条大蛇。

　　尽管如此，我的知性冒险是多么熟悉那片高高的天空啊！我的精神比任何鸟飞得都高，无论如何缺氧也未曾畏惧。或许我的精神，原本就不需要那么浓郁的氧气。啊！那帮家伙的精神。那些只能蹦到它肉体所及高度的蝗虫群的精神。我只要一瞥远在脚下草丛里那帮家伙的身影，就不禁捧腹大笑起来。

但是即便蝗虫，也有必须学习的事。我开始为肉体从未陪伴着自己来到高空，而总是被遗弃在地上那沉重的肌肉里感到悔恨。

　　有一天，我带着自己的肉体走进了密封室，进行了十五分钟的脱氮训练。即吸入百分百的纯氧。这样，我的肉体就进入了我的精神每夜都进去的同一个密封室里。它纹丝不动地被绑在椅子上。肉体意识到这一强加于它的出乎意料的操作，震惊不已。它难以想象手足不能动弹地坐着，会成为自己的任务。

　　对于精神而言，这是极易办到的耐高空性训练，但对于肉体而言，这是平生第一次经历。氧气面罩伴随呼吸，时而贴紧鼻翼，时而离开。精神对肉体说：

　　"肉体啊！今天你要和我一起，纹丝不动地前往精神的最高边缘去。"

　　可是，肉体居然傲慢地回答道：

　　"不，既然是与我同行，那么不论有多高，也不过是肉体的边缘而已。书斋里的你从未陪伴过肉体，所以才说出这样的话。"

　　但一切都无关紧要了。我们一同出发了。纹丝不动地！

　　空气已从天花板的小孔被吸得精光，肉眼不可见的减压徐徐开始了。

　　不动的房间在向天空升腾。一万英尺[1]、两万英尺。室内看起来没有发生任何变化，但房间正在以迅猛的势头，不断摆脱地面的束缚。在房间里，随着氧气变得稀薄，所有日常东西的存在感开始淡

―――――――――――

1　1英尺约等于 0.3 米。

化。当高度超过三万五千英尺后，某种影子开始向我逼近，我的呼吸随之变成了濒死的鱼的呼吸，匆忙浮出水面，嘴巴一张一合。但是，我的指甲还远没有因血液缺氧变成青紫色。

氧气面罩是否在发挥作用？我瞥向调节器的循环流动窗，随着我尝试大口吸气，上面白色的标示片缓慢地大幅变动。氧气供应中。不过，随着体内溶解气体的气泡化，窒息感逐渐产生。

这里正在进行的肉体性冒险，同知性冒险相似。因此到目前为止我是放心的。因为在此之前我想象不到不动的肉体会抵达何方。

四万英尺。窒息感逐渐强烈。我的精神与肉体友好地携起手来，用充血的眼睛环视四周，寻找哪里还残留着自己所需的空气，哪怕一星半点。只要有空气，就会贪婪地把它吞掉。

过去，我的精神见识过恐慌，经历过不安，但它从不认识这种肉体默默提供给精神的本质性要素的缺乏感。当它想要屏息思考时，思考就会为某事忙得不可开交。那是在忙于为思考形成肉体性条件。于是，就像无论如何也难以避免的错误一般，它又开始呼吸起来。

四万一千英尺。四万二千英尺。四万三千英尺。我感到死亡紧紧地贴在我的唇上。那是柔和的、温暖的、章鱼般湿滑黏稠的死亡。它与我的精神所梦见的任何死亡都不同，那是一种黑暗的如软体动物般的死亡阴影。只是，我的头脑没有忘记，训练是绝不会夺取我性命的。但是这没有感情的游戏，还是让我一睹在地球外侧拥挤的死亡的形态。

……从这里突然开始自由落体。保持高度二万五千英尺的水平飞行时，脱下氧气面罩进行低氧症体验。还有伴随一瞬间的轰鸣，室内笼罩在一片白雾里的急速降压体验。……就这样，我训练合格了。于是，我得到了一张证明通过了航空生理训练培训的粉红色小卡片。我想，了解我体内所发生的状况与我的外部、我的精神边缘和肉体边缘如何融为同一片海滨的机会，很快就要到来了。

十二月五日，天朗气清。

在 H 基地，我看到停机坪上成排的 F104 超音速喷气式战斗机群闪耀着银光的身姿。维修人员正在保养我将要乘坐的 016 号战斗机。我第一次看见 F104 如此安静地休息的姿态。以往，我总是对它飞翔的身姿投以憧憬的目光。那锐角、那神速，F104 刚一展现它的身姿，旋即便冲破云霄消失不见。我长久地梦想着，自己能跻身那粟然一点之上。那是一种怎样的存在样态啊，那是多么辉煌的放纵啊。对顽固端坐的精神，还有比此更为充满光辉的蔑视吗？那天幕为什么会开裂呢？为什么会宛如一面巨大的蓝色帷幕迅速地被一把匕首刺开呢？难道，你不想成为直指苍穹的一把利刃吗？

我身穿暗红色飞行服，佩戴降落伞。我被教授打开救生装备的方法，也试过氧气面罩。沉重的白色头盔，在接下来的一段时间里将属于我。为避免弹跳时骨折，我的鞋子后跟装有银色马刺。

这时是下午两点多钟。光线洒落在停机坪上，宛如洒水车从云间洒下水来。云的光景，光的状态，都是古老战争画中描绘天空时的常规手法。那构图仿佛从隐藏在云中的圣龛里拿出一把折扇，划破了云层散落而下的庄严光芒。不知天空为何会描绘出这样一幅巨大庄重又与时代落伍的构图，光又为何承载着深厚的内涵，使远方的森林和村落也显得神圣。这情景仿佛即将举行开裂的天空的告别弥撒一般。原来，那是管风琴之光。

……我坐在双座战斗机的后座舱，固定了鞋后跟的马刺，检查氧气面罩。半圆柱形的防风玻璃罩被盖上。与飞机驾驶员的无线电对话，每每被英文指令打断。我的膝下，已经拔掉机栓的逃生装置的黄色环安静躺在那里。高度仪、速度仪，大量的测量仪表。除了飞行员正在检查的操纵杆外，在我面前也有一根操纵杆，它随着检查在我膝间晃来晃去。

二时二十八分。引擎启动。飞行员面罩中的呼吸声，在金属的轰鸣中，听起来如同空中刮起的台风。二时三十分。016号战斗机缓缓进入跑道，在那里停住，试验全开引擎。我满怀幸福。这一瞬间，仿佛是同日常之物、地面之物的彻底诀别，我即将飞向丝毫无须为它们所烦恼的世界。这种喜悦，绝非运输市民生活的客机起飞时所能比拟的。

我多么强烈地渴求，多么热烈地等待着这一瞬间啊！我的身后唯有已知，我的前方充满未知，这瞬间宛如极薄的剃须刀刃。我多么焦急地等待着迎来这一瞬间，而且尽可能在纯粹严密的条件下迎来这一瞬间！我正是为此刻而活着。我怎能不热爱帮助我获得这一瞬间的亲爱的人们呢。

我久久地忘记了"出发"这个词。就如同魔术师故意想要忘记致命的咒文一般。

F104的起飞，是彻底的起飞。零式战斗机用十五分钟才能升上的一万米高空，它只需两分钟就可以抵达。正G附着于我的肉体之上，我的内脏像被铁手压迫，血液变得如沙金般沉重。我肉体的炼金术就这样开始了。

F104，这个锐利的银色阴茎，以勃起的角度戳入长空。我像只精虫被装入其中。我会因此体会到射精的瞬间精虫的感觉吧。

我们生活的时代最边缘、最极端、最尽头的感觉，无疑与宇宙旅行必需的 G 联系在一起。我们时代的日常感觉末梢，融化在 G 中，这大概没有错。我们过去称为心理的东西的终极归结于 G，我们生活在这样的时代。没有预想到 G 在彼方的爱憎是无效的。

G 是神的物理性强制力，且定是位于陶醉对立面的陶醉，是位于知性极限对立面的知性极限。

F104 起飞了。机首朝上飞。再往上飞。瞬间就穿过眼前的云层。

一万五千英尺，二万英尺，高度仪和速度仪的指针像逐尾的白鼠。准音速 0.9 马赫。

G 终于来了。不过，那是温柔的 G，因此并不痛苦，而是让我感到快乐。胸脯上仿佛有瀑布倾泻下来，那之后，一瞬间变得空空如也。我的视野被泛灰色的天空所占据。那是一种突然咬住天空的一角，将一块天空囫囵吞下的感觉。理性依然保持着清澄状态。一切安静又庞大，天空中飞溅着星星点点的白云精液。我并未入睡，所以也谈不上让我清醒。只是在清醒的状态之上，有一种仿佛被粗暴地剥去了一层皮般的觉醒感，精神如未惹尘埃般纯洁。在透过防风玻璃的耀眼光亮中，我咀嚼着暴晒中的喜悦感，表情或许如同痛苦袭来时那般龇着牙。

我与过去在空中曾看到的 F104 成为一体，我确实将自我的存在，移入了过去亲眼看到的遥远之物中。就在几分钟之前，我还是地面上的一个人，而一瞬间我竟成了"飞往远方者"，于他们而言不过是刹那间记忆中的一点，却在这里实实在在地存在着。

阳光透过防风玻璃无情地照射进来。尽情暴露在阳光中的我，自然而然地开始思考，这光里潜藏着荣光的观念。所谓荣光，无疑是一种给予这样无机的光、超人的光，这种充满危险的宇宙射线的赤裸裸的光辉的称呼。

三万英尺。三万五千英尺。

云海远在下方，没有明显的凹凸，如纯白色的苔藓庭院般蔓延开来。F104 为了避免冲击波影响地面，飞向遥远的海上。它一边南下一边试图超音速飞行。

下午二时四十三分。三万五千英尺，战斗机从 0.9 马赫，伴随着轻微震动，超越音速，达到 1.15 马赫、1.3 马赫，一直上升到四万五千英尺的高度。逐渐下沉的太阳在它的下方。

什么也没有发生。

只有银色的机体在一片光灿灿中浮现，飞机保持着极好的平衡。它再次变成了封闭的房间。飞机仿佛全然不动似的，成为一个静止的奇妙的金属小屋飘浮在空中。

地面上的密封室，应当就是宇宙飞船的规范模型。是不动之物正为最迅猛之物的精密原型。

窒息感没有涌来。我心中悠然自得，在活跃地思考着。封闭的房间与开放的房间，如此恰恰相反的室内，却成为同一个人、同种精神的居所。如果行动的结果、运动的结果，正是这样的静止的话，那么，四周的天空、远在下方的云、于云层间闪耀的海，甚至西沉的太阳，都成为我内在发生之事，它们在我内在发生也并无稀奇。我的知性冒险和肉体性冒险，当如此远离地球时，便轻而易举地握手言和了。这个地方，正是我梦寐以求的归处。

原来，飘浮在空中的这个银筒，就是我的脑髓，这种不动的状态就是我的精神样态。脑髓没有被坚固的头骨保护着，而是像浮在水中的海绵状可渗透物。内部世界与外部世界彼此互相渗透，完全交换成为可能。只有云与海与落日的简朴世界，成为我内部世界从未见过的壮美景象。与此同时，我的内部所发生的所有事件，早已摆脱心理和感情的羁绊，变成在空中自由描绘的粗略文字。

这时，我看见了蛇。

我看见巨大而愚蠢的蛇影，它正在吞噬着自己那白云缭绕地球的、连绵不绝的尾巴。

浮现于我们脑海中的东西是切实存在的，哪怕只出现过瞬间。即便不存在于当下，也必定在过去存在过，又或是存在于将来的某一天。这正是密闭室与宇宙飞船之间的相似之处；是我深夜的书斋与四万五千英尺上空的 F104 机舱的相似之处。肉体理应充满精神的预见而闪耀，精神也应满溢肉体的预见而生辉。始终监视着这一切的，正是意识。此刻，我的意识如硬铝般澄明。

蛇环将一切相反性变成统一。如果蛇环曾浮现于我的脑海中，那么它依然存在亦不足为奇。蛇永远在吞噬着自己的尾巴。那是比死亡还要巨大的环，蛇体充盈着比我在密闭室中隐约嗅到的死亡更为沁脾的芳香。它正是在天光明媚的彼方，鸟瞰着我们的统一原理之蛇。

飞行员的声音冲击着我的耳膜。

"开始下降高度，向富士山飞行。将在富士山上空盘旋，做数次翻转飞行和 8 字形飞行。后从中禅寺湖方向返航。"

富士山在机首偏右侧，乱云缭绕的山体，耸立着黑色剪影似的肩膀。左侧是在余辉中闪耀的海洋，以及白色喷烟如乳酪般凝固的大岛。

飞行高度已降至二万八千英尺以下。

低头俯瞰，云海的裂缝中处处绽放着红色百合花。那是晚霞尽染的赤色洋面，在找准云层的微弱破绽后，吐露了芬芳。红色光彩尽染厚厚的云层，光与影的呼应塑造出的红色百合花，星星点点，竞相绽放。

伊卡洛斯

我原本属于天吗？
不然，为什么天
不断向我投来蓝色的注视
引诱我的心向着天空
更高处、更高处
比人类所能抵达的更高处

——飞翔

严密考究过平衡

合理计算了飞行

不应有一丝疯狂

但为何升天的欲望本身

竟显得如此疯狂？

地面没有任何事物能使我满足

对一切新鲜之物又瞬间厌倦

向着更高处、更不稳定处

诱惑我接近太阳的光辉

为何理性的光源在灼烧我

为何理性的光源要毁灭我？

遥远的村落与河川在眼下迂回

比近在咫尺时更易忍耐

如若从远处

能够爱上人类之物

为何要对此辩护、承认与诱惑？

毕竟那份爱，并非目的

若是这样，那么我

本不该属于天

我从未奢望获得鸟儿的自由

也不承想拥有自然的安逸

唯有胸中难解的苦闷驱使着我

一味上升、接近太阳
浸润在天空的蔚蓝中
与鲜活的喜悦相反
与优越的愉悦相去甚远
我为何只顾向着更高处飞翔
难道是谄媚于蜡翅的眩晕与灼热?

如此
我原本属于地吗?
不然,为什么大地
这样急速地催我下降
丝毫不给我思考和释放感情的闲暇
为何原本柔软沉闷的大地
用铁板一击来回应我?
是为了让我领会到自己的温柔
柔和的大地才化作了铁吗?
是自然想让我领悟到:
坠落远比飞翔更自然
比那难解的热情更自然吗?
天空的蔚蓝是一种假想
这一切,从开始
就是为了蜡翅那瞬间灼热的陶醉
我所属的大地在策划

而天秘密参与了这一企图

才给我降下这样的惩罚

惩罚我——

信不过自己

又或者过分相信了自己

我迫切想要知道自己的归属

又或者傲慢地认为一切已了然于胸

于是想要飞向未知

或者飞向已知

不外乎飞向那一点蓝色的表象

而遭受的惩罚

终

三岛由纪夫未公开采访·告白 [1]

1970 年 2 月 19 日

告白：三岛由纪夫未公開インタビュー

采访人：约翰·贝斯特（John Bester）

1927 年生于伦敦。翻译家。伦敦大学研究生院毕业后赴日，从事《日本季刊》[2] 的英译工作。曾供职东京大学教授英文及翻译，后开始从事专职翻译工作。译作包括三岛由纪夫《太阳与铁》、井伏鳟二《黑雨》、大江健三郎《万延元年的足球》、阿川弘之《山本五十六》等多部作品。1990 年荣获第一届野间文艺翻译奖。2010 年去世。

---

1 文本参考：讲谈社文库《告白：三岛由纪夫未公开采访》，TBS VINTAGE CLASSICS 编，2019 年 11 月。

2 《日本季刊》（*Japan Quarterly*），以刊载文学及政治评论为主的日本学术期刊。

歌舞伎与戏剧

主持人 贝斯特先生翻译了三岛先生的短篇小说《海与晚霞》，另外，近期三岛先生正在创作的一篇随笔也将由贝斯特先生翻译。

三岛 十分感谢。

贝斯特 还请多指教。

主持人 今天促成这场聚会的目的，是希望这次谈话能够作为一个开篇，为贝斯特先生日后的翻译提供一些素材。

贝斯特 三岛先生目前正在创作长篇小说吧？

三岛 今天早晨六点刚刚完成《晓寺》。第三卷终于写完了。

贝斯特 到此整部小说就都已经完成了吗？

三岛 不，还不是全部。目前完成了第三卷，还剩下最后一卷。第四卷要写的是这个时代的故事。这部小说讲的是轮回转世，所以存在时间跨度。刚刚完成的第三卷，故事发生在昭和二十七年（1952 年），接下来要写的就是当下。以当下为背景的小说是最难写的。

萨特的《自由之路》最终不也没有写完吗？在创作途中放弃了。或许是因为**追求某个主题的创作，到了最后一卷时最为困难。**

贝斯特 或许确实如此。（这部小说）目前正在翻译当中吗？

三岛 第一、二卷正在翻译。预计明年春天在美国出版。

贝斯特 其他还有什么正在处理的大体量的工作吗？

三岛 光这一件就够受的了。（笑）推进得很艰难。仅创作第三卷就用时一年零八个月，这期间感觉肩上的担子很重，十分煎熬。

贝斯特 可以想见。戏剧创作方面呢？

三岛 我原本打算一年写一部剧本。去年写超了，竟写了两部，话剧剧本《癫王的阳台》和歌舞伎剧本《椿说弓张月》[1]。

贝斯特 关于戏剧的话题，可以再多聊一些吗？上面的剧本我还未曾拜读，单就故事内容做过了解。

三岛 我对进入明治时期的歌舞伎抱有很大的困惑。创作者到坪内逍遥为止仍十分努力。在世态剧[2]创作方面，有冈鬼太郎，他是最后一个在创作世态剧剧本时沿袭歌舞伎传统与风格的人。那之后，名为真山青果之人推动歌舞伎向新剧方向转型，从这一点上讲，他是一位伟大的作家，因为他创作了内容扎实的历史剧。但与此同时，他却故意放弃了歌舞伎的技巧。我认为，这样做的歌舞伎作家等于自寻死路。如今，以新作为名的歌舞伎，完全不伦不类。

贝斯特 这是为何呢？

三岛 它们根本不需要通过歌舞伎的形式去演绎，那只是些单纯的昔日旧话。

贝斯特 抛却了歌舞伎的独特技巧，和现代话剧雷同的意思吗？

三岛 完全雷同。只是在此基础上，歌舞伎表演者运用自身技

1　原作为曲亭马琴的长篇小说。由三岛由纪夫改写成歌舞伎台本，并由他亲自出演，被称为三岛艺术舞台的集大成之作。

2　在歌舞伎、净琉璃等艺术表演形式中，主要以演绎江户时期商人社会人情世故、恋爱纠葛等为主题的作品。

巧，通过演绎多多少少让其拥有了些歌舞伎的风格，剧本本身什么都算不上。但世人却因其好懂而喜不自胜，称它们为"新剧"。因为写起来轻松，人人效仿。比方说或是用现代语创作，或是在古代历史背景中，像是平安时期的戏里出现"哎哟，人事关系可真是难搞"这样的台词，我实在无法接受这样的内容。

所谓歌舞伎，**成立于拟古典主义即 Pseudo-classicism 之上，必须依此标准进行创作。**无论表演、导演或是舞台装置，全部都基于此，因此剧本也必须如此。这样一来，构成剧本的每一个措辞，都要符合这一标准，否则就不能算作歌舞伎剧本。也就是说，我创作的前提，正是知晓这对于现代人而言非常困难，所以举步维艰。

但即便写了出来，歌舞伎演员也理解不了。我大概知道原因所在，现在的演员整日不是忙着上电视就是去打高尔夫，缺乏古典文学方面的素养。他们心里明白得很，自己没有能力将真正的好剧本完美呈现，反而不如在那些得过且过的新作中尽情发挥。剧评家对于这样的结果也是极力称赞，夸这是适合现代人欣赏的歌舞伎，简单易懂。我对此深恶痛绝，于是把那些看不惯的全部推翻，按自己中意的样子来写，所以进展总也不顺利。哈哈哈哈。

贝斯特 这样看来，三岛先生对于歌舞伎今后的发展是持悲观态度吗？

三岛 歌舞伎是一门夕阳艺术。**晚霞已燃尽，如今只剩下依稀残光。**如何让晚霞重现，我认为这是艺术家的工作。正如《海与晚霞》一样。（笑）我思考的正是如何重现那晚霞，哪怕只是一点点。

贝斯特 即便能回到晚霞状态，那之后也……

三岛 想要恢复到烈日炎炎的正午是不可能了。不过，晚霞十分唯美，如果真能将其重现那也足矣，但连这也很难做到。

贝斯特 您如何看待日本戏剧的整体发展性？不止局限于歌舞伎。

三岛 演技太弱了。

贝斯特 只指表演技巧方面吗？

三岛 是的。基础训练不足。

贝斯特 剧本内容方面呢？

三岛 在日本称得上剧作家的人，几乎全都不是真真正正的剧作家。首先，他们缺乏文章组织能力。其次，他们对于台词过于迟钝。由于不明白台词真正的价值所在，所以无法架构出跌宕起伏的剧情。此外，平庸无趣的台词占大多数。

如今又出现了推翻固有内容的所谓反戏剧化的前卫戏剧。这就像是没有素描功底的画手去创作超现实主义的画作一般。他们的创作能力还不如剧作家，创作出来的戏多是些用支离破碎的内容掩盖自己的无能的作品。

贝斯特 这样的情况似乎不只出现在日本。

三岛 是啊。这是一种普遍的倾向。

贝斯特 似乎只要在海外稍有些反响的戏，就会在日本上演，这样的现象络绎不绝。我想在此提出一个十分单纯的疑问：人们说，日本人和西方人越来越像，但直到现在不也仍然有根本性的区别吗？无论是社会经纬还是个体心理层面，又或是日本人在今后将要面临的课题，都存在根本性不同。在这种情况下，您如何看待不断有外来戏剧输入和上演这一现象呢？

三岛 布莱希特[1]的戏剧曾在纽约上演。但纽约的观众与他的作品没有丝毫瓜葛。这种情况在戏剧界经常发生。季洛杜[2]的作品在纽约上演时，也被删减得七零八碎。譬如他的精神力作《沙依奥的疯女人》，却是反响平平。戏剧演出是相当商业化的行为。因为口碑好而推向国外，这样的操作无论在哪个国家都很常见。

贝斯特 这段时间在演出的《长发》[3]，您看过了吗？

三岛 是我有生以来看过的最差劲的戏。（笑）

贝斯特 这样啊。日本版和原版我都还没有看过。

三岛 音乐是好听的。但舞台呈现很糟糕。

贝斯特 我读到过负面评价，发现导演和艺术指导是……

三岛 是美国人。他们不懂日语，所以无从了解使用怎样的表达说出来的话才是美的、动人的。日本人会先把语言作为入口，所以我是反对外国导演指导本土化戏剧表演的。

贝斯特 我很认同。

三岛 之所以这么说，是因为戏剧涉及语言中最微妙的问题。戏剧中那种比小说翻译还要精细的会话语感，外国人无论如何都无法体会得到。

贝斯特 所以你近期除了执笔小说之外，并没有其他大的工作，是吗？

---

1 贝托尔特·布莱希特（1898—1956），德国戏剧家、诗人。代表作《夜半鼓声》等。

2 季洛杜（1882—1944），法国文学家、戏剧家。代表作《特洛伊战争不会爆发》等。

3 百老汇音乐剧，1968 年首演。

三岛　我去年写了两个剧本，已经腻了。如今的心情是想和戏剧保持一些距离。剧作环境变得喧嚣了起来，许许多多的人在相互嫉妒、争抢、发怒，对他人所言置若罔闻。如此嘈杂，倒不如全都死了清净。（笑）

贝斯特　我明白您的心情。

三岛　反正演员早就"死"了。（笑）

贝斯特　如果是将来而非现在，您是否在电影或话剧创作上有特别想要尝试的东西呢？

三岛　我有一个想在以后写一写的题材。你知道小说家开高健吧？他是我的朋友。他之前曾来问我要不要写一写越南的陈丽春[1]，说自己手里有好资料。她是天主教徒，对自己道德的正确性深信不疑。她自恃无比端正，因此对异己或手起刀落或蹂躏折磨，绝不心软，非常残忍。但她同时又是一位圣洁的女性。这样的题材作为戏剧上演会很有趣，我想有机会写一写。

小说的素材是措辞

贝斯特　三岛先生将您自己的文学作品与日本其他的文学作品相比较时，哪里会让您觉得存在巨大区别吗？

三岛　简而言之，是措辞层面的问题。我在创作之初便坚信，

1　陈丽春（1924—2011），越南共和国总统顾问之妻，外交名媛，世称"瑞夫人"。

措辞是小说的技巧，是其素材。如今依然这样认为。**小说的素材并非人生阅历抑或思想，措辞才是。**

贝斯特　从这层意义上讲，和音乐很相像。

三岛　和音乐、绘画异曲同工。

贝斯特　原本想稍后再问您的，所以三岛先生对音乐兴趣浓厚吗？

三岛　完全没兴趣。（笑）

贝斯特　并非演奏，对欣赏也没什么兴趣吗？

三岛　不怎么听。只不过对于纯粹的艺术而言，这样的素材极为宝贵。但小说并非纯粹的艺术，因此普遍的想法是，素材并不重要。福楼拜曾对此有深入的思考，但那是十九世纪富有的食利者阶层[1]，如今这样的思想已然不复存在。他曾经十分珍视措辞，只不过这样的思想正在逐渐消亡。我至今还保有这样的思想，所以是个时代的落伍者。哈哈哈哈哈哈。彻底的落伍者。

贝斯特　在三岛先生看来，您的文章里有哪些传统之处呢？

三岛　我在创作中，会故意使用非常传统的语法。古汉文中有称为"四六骈俪文"的对偶形式，我希望这种文体能在现代文中善加利用，因而在我的创作中时有体现。至于古语，像《**春雪**》，是一部复原了王朝文学[2]体裁的小说，因此其中出现了许多日常写作中不会用到的古语，这是我施以技巧、刻意为之。

1　指无须从事实业，仅凭利息及租金便可获得稳定现金流的人群。

2　日本平安时期（794—1192）以宫廷女性为主要创作者的假名文学。如《源氏物语》。

贝斯特　受西洋文学方面的影响呢？

三岛　文章的组织结构方面，多少受到了西洋文学的影响。

贝斯特　那么措辞方面本身并没有受到……

三岛　因为西方的语言我不懂啊。不懂，也就不存在受影响了。

贝斯特　我在翻译三岛先生的文章时，对于原模原样的呈现颇感意外。(笑)即便完全直译，也会成为标准的英文表达，这实在稀奇。也许我的说法欠佳，但您能明白我的意思吧。

三岛　这一点人们总会拿来说笑。比方说安部公房君是一位典型的国际化作家，他也自称并非民族主义作家，但有人说，他的思维方式从某种意义上讲是日本风格的，反而被认为是民族主义者的三岛，其思维方式更像西方人。似乎这写出了人们较为普遍的心声。我对此比较认同。**我是在多次前往西方国家之后，才开始了关于日本的思考**。即是说，我在学习了少许西方思想结构的知识后，才感觉逐渐开始认识日本。在此之前，我对日本并不了解。(笑)

贝斯特　我完全明白。

三岛　我在遣词造句等方式上偏西方。但用的毕竟是日语，是日语中的一个个单词。单词本身**所拥有的日语的优美特征，我们自小到大耳熟能详，我所利用的正是它**。关于这一点，我的作品之中最典型的便是《椿说弓张月》。其中使用了许多如今不再使用的日语表达。我尽可能选择了优美的表达，把对口台词部分更是当作诗去写。

贝斯特　关于这一点我原本是想放在后面部分提问，正因您所提到的情况，日本的年轻一代有没有说过三岛先生的文章"不好懂"或者"尽用些难懂的词不想读"这样的话呢？

三岛 这个完全没有。我会读高中生写的读者来信，信中说，很开心我的作品中会用到一些难词。

贝斯特 这可真是让人欣慰的事。

三岛 信中说，边查字典边阅读是一种乐趣。而且作品中会出现学校里学不来的表达，所以感到开心。

贝斯特 也有这样想的年轻人啊。

三岛 是啊。信中还提到，很开心我的文章里保留了旧假名用法。如今的年轻人都抱持着反抗心态，对学校所教授的东西十分抵触。他们认为学校老师教的都是谎言，不被老师允许的才是正确的。三岛由纪夫这个小说家说的都是些老师不认可的话，用的都是老师不用的表达，所以喜欢他。这就是我的年轻粉丝们。（笑）

贝斯特 不过，日本的教学内容会不会向上述方向逐步发展呢？

三岛 很难讲，我对此持怀疑态度。**日本的古典主义教育从二战前已显颓势**。我认为，在日本明治官僚的统治下，教育内容越来越不堪。

贝斯特 从这一层面讲，纵观世界，日本在其中也要算作一个特例吧？就语言而言。

三岛 极为罕见。你知道日本人的教育是由官僚掌控的。而官僚是一群不懂语言、不懂文化的人，这样一群人却把教育玩弄于股掌之中。况且，日本人一直以来所接受的教育方式，完全无法品鉴到古典文学的价值所在。

如今的法国就依然在推行古典主义教育。我认为，应该按照旧式的"读书百遍，其义自见"的方式，就算不明白意思，也要先背下来。否则我们绝对无法亲近古典。一个极端的例子，就是教小学生《源氏物语》。就算全然不懂内容，也要像念经一样去背诵《源氏物语》的选段。

贝斯特　即便如此……

三岛　即便如此，也是有价值的。但就是这样的做法没有被推行，所以人们的汉文教养越来越薄弱。而且日语的文体结构也变得极其单薄。

贝斯特　或许学校也在尽其所能吧。

三岛　或许吧。但在我的学生时代，已经不再采取朗读等这种正统的教学方式了。实际上，学习汉文，还是要采用背诵《论语》的方法，无论过程如何痛苦。只有这样，才能将汉文的文章结构印刻在脑海里。如今人们的文章书写能力弱化，正是这个原因。**不具备汉文教养，日本人的文章变得很垮。**

贝斯特　如此看来，要想写出好文章，除了三岛先生的做法外，似乎别无他法了。

三岛　这只是我的个人爱好，并非要推荐给每一个人。我想汲取日语和汉语的精华，从中采撷所喜爱的辞藻，仅用它们来制成花束。

三岛文学的弱点

贝斯特 我想问一个奇怪的问题。在三岛先生眼中，您的文学作品是否有什么缺点，或说是缺憾呢？

三岛 我的作品中所欠缺的东西吗？让我想想……

贝斯特 实际上这或许是个没有意义的问题。您无须细想，只从字面意思考虑一下。

三岛 （思忖片刻后）人们总会在创作时意识到自己的不足，感受着这样或那样的无力，而后做出选择。**我认为我的文学作品的缺点，是小说的结构太过波澜起伏、太过戏剧性了。**这源于一种我无法抑制的冲动。就算我想写出弗吉尼亚·伍尔夫那样风格的小说，也无论如何都写不出来。我无法将现实或自己的心理感受原模原样地反映到文章当中。我的文章中，一切都经我塑造而成。这样一来，就不会是照搬现实般地写生，是无法将其同比转移的。我一定会在其间进行过滤。而从某种意义上讲，创作小说原本并不该如此。现实原封不动地流入小说当中，在其中千变万化，人物所发生的改变直到作者也无法企及，也许这样才是作品的理想状态。但我做不到。我写出的一定是提前构思好的。

贝斯特 虽同为小说，其实也有许多类型吧。

三岛 有是有，但我的太过戏剧化了。

贝斯特 在三岛先生看来，怎样才能称之为理想型小说呢？

三岛 若说理想，我一直以建筑和音乐为理想型，因此总觉得越是趋近于它们的，越是好作品。**如果我能写出大教堂式的小说一**

定会非常欣喜，但我写不出广阔的河流般的作品。

贝斯特　难道在日本的传统文学作品中没有这样的范例吗？

三岛　我认为所谓的日本人文章组织能力薄弱这种话，所言非实。就像虽不是小说，但如净琉璃[1]中的《寺子屋》《妹背山妇女庭训》等，都展现了十分优秀的文章组织能力。作品的结构极其复杂，非常人头脑所能及。而且效果立竿见影，文章写得极好。我很疑惑为何这样的能力没能在日本人当中普及开来。马琴[2]也是位具有超群的文章组织能力的作家，可是他如今并不怎么受到推崇。也许因为《源氏物语》是一部伟大的作品，所以它的影响力能延续至今，但即便《源氏物语》，也并非没有结构。作品所呈现的不是单纯的人生走向，作者在其中铺设了极为细密的伏笔，有诸多复杂的构思。但这些往往会被人们所忽略。

大多数日本人不怎么喜欢制作或建造什么，他们喜欢软塌塌的、放任自流的感觉。

但我认为，从某种意义上讲，当今是建筑的时代。你看，二战后在日本得到显著发展的只有建筑。文学不醒目，戏剧不醒目，美术和音乐也不醒目。唯有建筑。这样看来，我在做的事也并非显得那么与时代脱节。也许是在"日式建筑"上，与丹下健三[3]分庭抗礼。（笑）

1　日本传统剧种。

2　曲亭马琴（1767—1848），本名泷泽兴邦，日本江户时期小说家。

3　丹下健三（1913—2005），日本知名建筑师，曾参与 1964 年东京奥运会的体育场馆设计。——编者注我在写文章时，会把文章涂得满满的。也就是说，**我会像画油画那样把文章涂满色彩。**我无法在创作中做到日式留白。我知道自己的这个弱点。你想象一幅日本画作，那上面留下的空白我实在无法容忍，会给它们都涂上颜色。

贝斯特　在座的有一位日本年轻人。（三岛先生提到的）这一点与你刚才所说似乎有出入。你刚刚就三岛先生的文章做过评价，说他不会过分涂抹文章，所以喜欢。

女士　不，我说的是另一码事。

贝斯特　三岛先生的文章是油画式的吗？

三岛　可能吧。不管怎么说，我会涂得满满的。因为很介意空白，所以不会让它们存在。**要是川端先生的文章，有些时候可能是安眠药的作用（笑），其中会有大幅度的跳跃。**他的文章里，跳跃的幅度实在吓人。我曾关于川端先生的《山音》写过评论。太恐怖了。咻的一下就飞到了下一条线上，中间什么都没有。我实在写不出来这样的文章，太吓人了。

媒体与三岛

贝斯特　我们换个话题。我想您对于如今的媒体，尤其是日本的周刊杂志等一定有许多想法。首先我想请问，您认为三岛文学是否有被正确解读？当然就这一点来讲，也与刚才我们谈话中提到的年轻读者们的想法相关，不仅如此，我想问的是，您认为三岛本人是否得到了媒体的正确解读呢？

三岛　从历史的开端，媒体就从未正确解读过什么吧。（笑）我认为，人们如今在信息化社会中生存，终归是需要向信息化社会出售各类东西的。**我们艺术家，正如波德莱尔所言，是妓女。我们不得不出卖自己的肉体。**

贝斯特　是会被媒体好好利用的意思吗？

三岛　我并没有强大到有能力被媒体善加利用，只不过不卖点什么的话，难以维持生计。但我并不打算将本质的、真正的东西向媒体出售。就像妓女只允许自己喜欢的男人亲她一样，我绝不会让媒体触碰我的双唇。因此，它们买到的只是我的肉体。这就是妓女的宿命。

贝斯特　我完全明白。

虽然很难判断艺术的界限是什么，但关于艺术之外的三岛先生的动向，实际上我尽可能不从周刊杂志上去了解（笑），也不清楚媒体眼中三岛先生的形象，但偶尔还是会有一些听闻。最近您似乎在着手许多事情，关于它们，能听听您的想法吗？

三岛　我很欣慰贝斯特先生在从事《太阳与铁》的翻译工作，因为在那里一切都写得明明白白。如果人们不把它当作无聊的评论文，**我相信，真正读懂它的人，会明白我所做一切的用意。**

贝斯特　但我有一个疑问，究竟会有多少人能真正读得懂呢？

三岛　我想一定少之又少。

贝斯特　说实话我也认为只有极少数。这样一来，会不会有些危险呢？

三岛　我知道这份危险。我原本就不是个想要平安度过一生的人，所以一点都不在乎。对于《太阳与铁》，真正的读者如果能有十个人都是好的。当然了，我希望书畅销，但能发自内心地去阅读那篇评论文的人，应该会非常少，我想不会超过十人。

　　贝斯特　不只是文学的问题，脑子不够聪明也读不懂。

　　三岛　是的，还有是否足够聪明的问题。不过，如果有人能读懂那篇文章，那么无论我做了多么愚蠢的事，他都会看得明白。这就是我写下那篇文章的目的。**虽然这样说似乎不够谦虚，但实际上我的所作所为，如果不使用那样高难度的措辞是无法表达清楚的。**即是说，我无法用浅显的新闻采访方式，来说明白"我这样说是因为那样想"。于我而言，（《太阳与铁》）那种程度的说明是必须的。那是我唯一能做出的说明，无法提炼，也无法简化。

　　贝斯特　或许我的理解存在偏差，但我认为，三岛先生创作《太阳与铁》的目的，并非单纯为了让人们去理解你的心情和思考，而是为了以自我体验为主题，将其完美呈现。用"装饰"的说法或许有些不合适，实际上是以小说的方式或说是……

　　三岛　是艺术。

　　贝斯特　从这层意义上讲，如果不是以创作艺术品为目的，而是仅以得到人们的理解为目的，那就会将个人体验的内容以更加简单的方式……您刚才说的是这个意思吗？

　　三岛　我所做之事会拍成照片，又或是刊登在周刊杂志上，这时人们就会得知其内容。他们会说："哎哟，原来他在干这种事啊，可真是个蠢货。"针对"可真是个蠢货"这种评价，无论我如何苦口婆心地解释，都摆脱不掉对此深信不疑的人。所以，我虽然不是司汤达，我只要拥有少数知己（happy few）就足够了。**我可以自信地说，我的行动会比我的小说更难懂。**

这是因为，我的小说里有故事、有情节，只要认得字就能大概读懂。但我的行动没有这些媒介，所以不懂的人无论如何都弄不明白。这无所谓。如果想看懂，就去读《太阳与铁》，读过后我想他们大概就能看得明白了吧。我的回答到此为止。

贝斯特　完全理解了。

三岛　或许等我死后五十年、一百年，才会有人恍然大悟。这也很好。人活着，都是某种意义上的小丑。这是无可避免的。就连佐藤首相[1]也不过是小丑中的一类。没有哪个活人不是小丑。

贝斯特　您说人是小丑，也就是从某种意义上讲，为了生存不得不演戏吧。

三岛　为了生存不得不演戏，那一定是因为上苍把我们当作木偶来对待了。我们终生都被束缚在一种角色扮演里，那就是傀儡戏。在《叶隐》[2]中也有所表述。说到底，人就是精致的木偶。

小林秀雄说过，**人类至死方为人、方能成人形。**这是因为，到那时，人会得到命运的助益。如果不存在命运，人无法成为人。但活着的时候，除非预言家，人们无法得知命运的走向。命运不定，则人形未成。正因如此，所作所为看似荒诞不经。但是，命运会为

1　此处指时任日本首相的佐藤荣作，任期为 1964—1972 年。

2　此处指日本江户时期武士山本常朝所著武士道论作品《叶隐》。

艺术家定音。

贝斯特 三岛先生的思想中是否融入了比如禅宗的影响？

三岛 **不为自己的行为辩解，是我的道德取向。**因此，我绝不会说出"请理解我这样做的原因"这种话。这或许是受禅宗的影响吧。

贝斯特 这不是辩解与否的范畴吧？

三岛 也就是说，行动并非局限于目之所及的范围。文学是抽象的东西，可以通过语言这种抽象的媒介，来让人们理解。但行动就像这个咖啡壶，是很难看懂的。咖啡壶不可能自我介绍说："我是个咖啡壶。"它是沉默的。我想就是这个道理。

我非常厌恶为自己所做之事向他人寻求理解。那是女人才会说的话。在座的有一位女士，这样讲有些抱歉，但我讨厌说出"我如此深爱着你，你明白吗？"这样的话。

纯粹的人在军队中

贝斯特 我们换个话题。在《太阳与铁》中出现了关于军队的内容，光是将这部分翻译成英文就要花费很多时间。可以请三岛先生就军队相关的话题谈一谈您的想法吗？

三岛 我的想法很简单，那就是如今在我看来，**只有军队里还存在着相对纯粹的人。**军队里有非常纯真的人，我喜欢这样的人，仅此而已。我特别喜欢的那类人，存在于那个地方。在日本这个国度中的人，来来往往的人，基本上我都不喜欢。

贝斯特 是本质上的区别吗？

三岛 本质上不同。你知道吗？我总感觉在日本，只有军队里还遗留着一些纯粹的因素，那些行走在街上的人全都是堕落的。他们缺少一些生而为人的本质性的东西。就比如那些在酒店里盘桓的人。

女士 您曾说过看见他们就烦，对吧？

三岛 看见就烦。

贝斯特 这是为什么呢？

三岛 是啊，为什么呢。日本这个国家越来越变成了这个样子。

贝斯特 或许不止日本。

三岛 或许外国也是如此。总而言之，我喜欢纯粹的人，去寻找这类人的过程中，发现他们只存在于军队之中。有些不可思议吧。荷风[1]曾写《濹东绮谭》，其中写到他认为纯粹之人只存在于娼妓之中。

贝斯特 荷风曾说过这样的话？

三岛 他正因这样想，才写下了《濹东绮谭》吧。或许是因为荷风厌恶他所处时代的所有人。他对那时所有的日本人都厌恶至极，直到他发现，在娼妓中还存在着纯粹的人。我的情况与之相反，但从某种意义上讲，我们用的是同一种识人的方式。

1　永井荷风（1879—1959），日本唯美派文学代表作家。

生死观的变化

贝斯特 三岛先生除了文学之外，对艺术或美术范畴内的其他领域是否有兴趣？似乎您对音乐并不甚感兴趣。

三岛 我认为美术或音乐都非生活所必需。

贝斯特 我突然发现，结果总会回归初始。似乎于您而言，将自己的一生奉献给文学，仅此足矣。即便对其他艺术抱持兴趣，但到头来还是在重复着同一件事。是这样的吧。

三岛 完全一样。

贝斯特 对那些持有三岛先生刚才解释的文学观的人，尤为如此。

三岛 是的。不需要，会重复。

贝斯特 或许三岛先生的文学特征正存在于人人所共通之处中。

三岛 我也不是没有过听着音乐创作小说的经历。比如我写过一篇名为《兽之戏》的小说。那篇小说是在大阪听了由卡拉扬指挥的《菲岱里奥》间奏曲后，那一晚里写成的。**听过卡拉扬指挥的间奏曲《莱奥诺拉》，回到酒店，当晚完成了整部小说。**偶尔也会有这样的情况。

我在创作刚刚完成的小说《晓寺》时，反复听过多次德彪西的《比利蒂斯之歌》。从中涌出许多画面。这样的事偶有发生。

贝斯特 您对于音乐结构层面是否⋯⋯

三岛 （与上述）情况雷同，所以并无兴趣。

贝斯特 刚才您用到了"纯粹的人"这样一种表达，具体如何定义？

三岛 这样的人，也就是心好端端地长在体内，能从透明的身体中看到它。是心呈心形的人。就比方现在那边的那些人，他们的心就是六角形的（笑），各式各样。

贝斯特 这是什么原因呢？我对于军队中的人不甚了解，所以无法判断。如果真如三岛先生所言，那其中一定是有什么原因。您认为，加入军队与天生纯粹这两者之间是否有什么关联性？

三岛 自卫队里有许多人来自九州。在九州仍有许多纯粹的人，这是原因之一。

贝斯特 如果从幸免于一般性的社会颓废趋势的角度而言，这并非必然，而是偶然吧。

三岛 是有一定的偶然性，但九州人自古以来都以入伍为荣，直到如今仍保留着这样的传统。像东京这种地方，人们会轻蔑地说"进什么自卫队啊"，但在九州，大家会欢欣鼓舞道："去精忠报国吧！"九州就是这样一片土地，在那里仍保留着武士传统。

女士 只是不知五年后会怎样。

三岛 很难讲。如今青年劳动力越显不足，这就要看国家今后如何育人了。人是核心问题。无论兵器如何更新换代，与军魂无关。

主持人 在三岛先生的小说中，自始至终都充盈着一种死亡的形象。起初是一种浪漫的感觉，但逐渐演变得与肉体合二为一。可以就这一点谈一谈您的生死观吗？

三岛　我认为，在我的肉体建构完成后，死亡才彻底匹配到我**体内**。这一点，我在《太阳与铁》中写得明明白白。在我的肉体未完成时，死亡存在于外部，它从未进入过我的内部。然而，一旦肉体完成建构，它就在这具肉体中找到了合适的位置。在我的文学主题中，死亡的演变过程正是如此。**我的小说从始至终皆与死亡相关。**或许这样的说法有些模糊，但我的感觉是，死亡存在的位置，逐渐由肉体的外部进入了内部。

战后日本的伪善

三岛　我最讨厌打交道的人就是小说家。一整年都会非常留心，千万、千万不要碰见小说家。像那种会奉承说"某某老师经常光顾小店"的饭店，我绝不会去。我特别讨厌被那样介绍。哈哈哈哈哈。

主持人　如此说来，您对文坛中的交往并不怎么……

三岛　极其厌恶。但有时也迫不得已。文学奖之类的没有办法就会礼节性地参与一下，这种一年也就是一两次、两三次，到时会不得已露个脸，然后速速逃离回家。我以前不这样，年轻时也有过憧憬文士的一段日子。

（此时送来第二杯威士忌苏打）

但也正因为我说起话来肆无忌惮，所以成不了名家。在日本不能这样做，这个国家有许多禁忌。这一点我可能和西方人十分相像。哈哈哈哈。

贝斯特 对于日本现代社会，您尤其厌恶的是哪一点？

三岛 是伪善吧。hypocrisy。

贝斯特 但关于这一点，西方也有西方的……

三岛 西方确实有不折不扣的伪善传统。尤其是英国，有着实打实的伪善传统。最近和英国人说笑。"三岛，你是个传统主义者吧。""是的。"于是那个英国人说："那你一定厌恶虚伪。""没错。"他又说："我们是个伪善的国度。""可是，你们既可以是典型的传统主义者，又能做个伪善者，正因贵国具有伪善这一光辉的文化传统，你们可以身兼两种身份。但日本人无法既是传统主义者又是个伪善者。"我们国家没有伪善这样的传统。

贝斯特 您说如今的日本是个伪善的社会，这种现象是从最近才开始的吗？

三岛 **战争结束后开始变得严重起来了。**在我看来已经病入膏肓。

贝斯特 这种日本人的伪善尤其体现在哪个方面呢？

三岛 和平宪法。那是伪善之源。从政治角度可以如此断言。曾经的年代，日本人撒谎成性，满嘴谎言。也说过许多伪善的话。但那些都是传统道德下的需求，也就是说，在某种情况下，是必须说谎的；对某个人绝不能说真话。

贝斯特 日本式伪善，可以说已经形式化或者仪式化了，所以这样做也无妨。因为被社会认可，于是大家都坦然地撒谎。

三岛 十分坦然。

贝斯特 但在我们看来，这样的风气至今仍被好好地延续了下来。

三岛 或许确实延续了某种脉络。

贝斯特 不是指讽刺意味上的伪善，我反而认为这样做是一件好事。

三岛 这就涉及人是否应当一贯保持诚实这个问题。比如，是否应当告诉癌症患者真相，这很难判断。有时我们不得不撒谎，撒谎也是一种关怀。在我看来，伪善是一种自我满足。

在人与人的关系中，就拿你打个比方吧，我不知道你有没有妻子，假设啊，她十分丑陋，我是因为没见过她才能这样心平气和地说的，姑且就当我说了一句"你的妻子可真是相貌丑陋啊"。这也许是实话，却不是人话。我作为你的朋友，即便看到你的妻子相貌丑陋，夸上一句"你的妻子面容姣好"，才算是善解人意。你对我也是同样。即便你看到我的妻子，心想真是丑陋至极，也会称上一句"你美丽的妻子"吧。我不把这称作伪善。这叫体贴入微。**日本人一直拥有这种体贴入微的传统。**

贝斯特 确实如此。但我偏个题，比如也有这种情况。我是外国人，说的是日语。于是经常会被日本人评价道："日语说得比日本人都好。"

三岛 太不礼貌了。

贝斯特 被这样说会非常不舒服。但难道不是一样的道理吗？如果人人眼中我的妻子都是丑陋的，却非要出于礼节评价一句："您妻子可真是个美人。"这二者不是一回事吗，您怎么看？

三岛 确实也可以这样理解，从某种角度出发，的确会感到不舒服。

贝斯特 这种事，着实令人不悦。

女士 不过，这应当是习惯差异吧。日本人这样说是出于夸奖的心态。

贝斯特 实际上说到底，心里也没什么真的过不去的。只是如果这样较真，很难再聊得下去。我同意，确实如她所言，是习惯上的差异。

三岛 我在提及伪善时，总会立刻想到西方，想到日本的近代化。还有现代化、基督教化，及其背后的基督教会。此外，还会想到新教。**它已成为战后日本的基调之一。**这从某种意义上讲，是受了美国的影响。

贝斯特 在我看来，似乎还远远未得到发展。

三岛 不过，日本的知识阶层已经完全被其渗透了。

贝斯特 尤其政治。

三岛 政治层面已经完全被侵蚀。我对这一切都十分厌恶，看都不想看。

贝斯特 您称日本宪法是伪善的，不知关于这一点能否再多做些解释？毕竟，有许多人是抱着朴实真诚的态度在支持和平宪法。我想，也许他们并没有到可以被视作伪善的程度，也许并没有想那么深。只是比起去死，单纯地希望能活得久一些吧。事实真的到了被叫伪善的程度吗？……还是说，您指的是刚才提到的知识阶层？

三岛 我说的是知识阶层。宪法为什么是伪善的？我曾在其他报纸上写过，譬如战后曾出现过的《黑市粮食取缔法》。如果按照这一法律去做，人会没命。曾有个竭力遵守这一法律的法官，后来因营养失调过世了。后来被报纸大肆报道，致使这一法律在全日本被推翻。人们从黑市里背着白薯出来以求活命。为了活下去，就必须推翻它。

法律与死亡的问题，从苏格拉底起一直以来都是人类面临的最大问题。**我认为，人类社会最本质的问题，即选择守法还是赴死。**这样看的话，如果将日本宪法原原本本地按照字面意思理解，日本人只剩死路一条。也就是说，自卫队是无法存在的，也许警察也不可以存在。整个日本，完全是个裸国，需要的一切都无法拥有。所以，日本现在所做之事全部是违反宪法的。我是这么觉得的。人们虽然在现实中承认宪法的存在，但无论是政府还是民众，所做的都是违反宪法之事。因此，我们为了活下去，背叛了宪法。

这样一来，正如《黑市粮食取缔法》那样，**法律正在一步步侵蚀着伦理道德。**我们不想死，所以才在无奈之下寻找生路逃离。这与苏格拉底之死是背道而驰的。如苏格拉底般甘愿赴死的那位法官，是个伟大的人。但不可能人人如此。我们需要活下去。所以我认为对于如今的宪法而言，正当防卫理论是成立的。为了不去死，他们在现行宪法上搞文字游戏，拥有了自卫队，并通过一系列手段，勉强令如今的日本得以存在，日本也因此被塑造。但我认为这样是不行的，人类的道德会受到侵蚀。

作为理想，我表示钦佩。我也并非完全否定宪法第九条。我认为，人类不开战是了不起的，守护和平也是了不起的。但第二项不可行。这第二项是在美国占领军的强迫下规定的。这条规定被日本所谓的"专家"逆向解读，于是自卫队的存在得到了认可。就这样，日本人糊弄了二十多年，估计在此之后，自民党政府仍打算继续糊弄下去。

对此，我厌恶至极。**我无法忍受自欺欺人的活法。**我真正厌恶的，仅仅是这一点。这种做法，就是在伦理道德的最根本处，想要蒙混过关。即便法律有明文规定，人们依然会这样做。

比如一边喊着坚决反对垄断资本主义，反对这个反对那个，却又一边听着索尼录音机。人就是这样被一点点侵蚀的。大家都在心里乐呵，能吃得上饭，活得下去，有工资领，就凑合着过得了。我厌恶这样的心态。难道真的当有享乐的理由，当享乐被正当化时，这么活下去就够了吗？

贝斯特 您说的正当化是指？

三岛 法律在让日本人去死。这样还能活得下去，不就是被正当化了吗？

关于海外评价

主持人 我想替海外读者问问您，三岛先生被译成外语的小说中，您认为哪一部收获的反响最大？

三岛 《潮骚》出版后，书评登上了《时代》周刊，被评价为好莱坞式的男女邂逅故事。我想，初次阅读的人，一定会这么认为。因为我的创作意图就在于此。

主持人　这部作品是您游览希腊回国后创作的，对吧？

三岛　回来之后很快就写成了。它是根据《达夫尼斯和赫洛亚》改编的。我凭借《金阁寺》首次得到认可。《午后曳航》是一部我个人十分喜欢的小说，它在国外比在日本的口碑要好。虽然销量一般，但非常受到外国读者的喜爱。

贝斯特　那部是内森翻译的吧。他的译本很精彩，您应该也知道吧。

三岛　那部小说（在国外）大获好评。我直到现在都认为，就此部小说而言，国外要比日本更懂它。

主持人　《仲夏之死》如何？

三岛　起初它被 Knopf 出版社因短篇不会畅销的理由拒绝了，他们说："如果你有谷崎（润一郎）那样的名气，我们就出版。"后来，一家名叫 New Directions 的书店说可以出版，于是就兴冲冲地通过那一家出版了，结果大获成功。作为短篇集走势惊人，让出版它的书店也颇感意外，大概卖了有一万又好几千册，在美国的短篇集销量中算罕见的。

主持人　《禁色》是在 Knopf 出版社出版的吧？

三岛　那本的翻译有问题。虽然我自己难以评判，这样说有些不礼貌，但看过它的朋友们都向我反馈译文差，全然没有传达原文本意。

主持人　您的作品除英文外翻译了几种语言？

三岛　有十七八种。我手头有许多看不懂的译本。比如希伯来语之类，完全不认得。

少年时代，以及七十岁的三岛形象

主持人　贝斯特先生还有什么私人问题想要请教三岛先生的吗？比如，关于三岛先生的真名平冈公威等等。

三岛　这也是个有趣的话题。对外国读者介绍时可以说，三岛由纪夫的真名是 public dignity。

贝斯特　哎？

三岛　就是这么个名字。

主持人　公共的公，威力的威。

贝斯特　啊——明白了。

三岛　大家一定会觉得很好笑吧。(笑)

主持人　但姓氏又显得很乖巧。

三岛　姓是 plain hill。

主持人　平坦的山冈，公共的公，威力威风的威。

三岛　plain hill public dignity。哈哈哈哈。

贝斯特　原来如此，确实有趣！能请三岛聊一聊您的童年吗？

三岛　**我还是个孩子的时候，家里不给我买气枪。**直到现在，我都能回忆起放着气枪的橱窗的模样。学习院离四谷站很近。我上小学时，四谷站十字路口往前走一点，路左侧就有一家卖气枪的商店。我和我的朋友会把脸凑在玻璃上拼命往里瞅。那个朋友家里也不给他买。我至今还能想起当时一直念叨着"好想要啊，好想要啊"的样子。几十年过去，现在想要得到一支真枪也是同一种心态吧。哈哈哈哈。

主持人　是潜意识在作祟吧。

三岛　没错，是潜意识。

主持人　您在学习院读书期间，曾学习过德语，对吧？

三岛　学过。德语对我的影响很大。**尤其受到了德语语法结构的影响**。比如克莱斯特。他文章的风格是，主语在页首，到页尾才是谓语，这种形式与我的小说风格非常接近。用长句，这是极具结构特征的写作风格。

贝斯特　三岛先生从小就喜欢阅读吗？

三岛　**我从小体弱，只能读书**。就是那种别的小孩在外面玩耍时独自阅读的孩子。有些早熟吧。所以一直在读书。但读的倒也不都是成人读物。比如《少年俱乐部》中的冒险小说，读过《密林咆哮》这种猎捕猛兽的故事，也读过《一千零一夜》等许多童话故事。

我在孩童时代，极其异想天开，所以写出来的东西完全与现实无关。关于这一点我曾在其他地方写到过。

贝斯特　《太阳与铁》里写到了。

三岛　比如"今天爸爸带我去百货商店，给我买了飞机模型，真开心"这种，我的小伙伴们在学校里都会这么写，但我写不出来。我从开头就会写一些梦境一样的内容。"我爬上船桅，看到空中有蝴蝶在飞舞，我追逐着蝴蝶，身体也不知不觉间飘在空中……"学校老师会给我判最低的分数，说我是胡编乱造。那时尽写一些这样的东西。

贝斯特 您确实在《太阳与铁》中写到过，您最初开始书写，并非为了自我表达、自我表现，而是为了自我隐藏。在我看来，三岛先生对文学的思考正在于此。

主持人 三岛先生家中有几个兄弟姐妹？

三岛 我们是三兄妹。妹妹在战争末期过世了，现在只剩一个弟弟。

贝斯特 您如何想象七十岁时的自己？

三岛 估计会是个特别招人烦的坏心眼的老头子。人见人厌的那种。美国的漫画里有这种形象吧。

贝斯特 您是说文学界泰斗那样的人物吗？

三岛 我拒绝变成那种人。美国不是有一部漫画叫《黑心老头》[1]吗？靠干一些遭人嫌的事情为乐。我会变成那样的老头子。现在已经有一些征兆了。我不想说讨喜的话，会尽量捡一些讨人嫌的话说，之后也想这么过下去。所以，如果顺利的话我会变成像小汀利得[2]那样。我觉得他是个很了不起的老头子。哈哈哈哈。但也许我活不到他那么老。小汀这个人因为有幽默感所以有趣，**我没有幽默感，估计做不好。**

贝斯特 三岛先生不擅幽默吗？

三岛 嗯。（笑）

1　美国漫画家鲍勃·巴特尔的作品，原名 *Egoist*。1956 年起在日本杂志《漫画读本》中连载。

2　小汀利得，20 世纪日本知名媒体人，曾任《日本经济新闻》社长，以毒舌著称。

语言的"牧羊犬"

三岛　我虽然毕业于德语专业，但在无意识间很大程度上受到法律的影响。我明明当时对法律十分排斥，未曾想它却对后来的小说与戏剧创作起到了极大帮助。

主持人　您是在学习院毕业后，进入了东京大学法律系吧？

三岛　我的一个当法制史教授的朋友对我说，你写的小说和法制史方法论如出一辙。法律真是神奇，没有比它更有趣的学问了。**其中尤为有趣的是程序法或称诉讼法。我感觉，它是我的小说结构的骨架。**

主持人　确实有意思，这还是头一回听您说起。

三岛　我解释一下。比如，有证据这种东西吧。我们不清楚某人是否犯法，即是嫌疑人。此人在过程中被抽丝剥茧般调查。也就是寻找证据的过程。最终确有实证，这个男子就会成为犯人。此时，对他的审判才算结束，下达判决结果，你在某月某日因杀人被判死刑。这就是法律程序。

与此相比较，**小说的主题就是证据。**主题究竟是什么，连我自己也不清楚。不知道主题，也不知道框架。写作中就像审查犯人那样一直在追寻着主题。反复收集资料、拼凑事实，直到最后的最后，才会恍然大悟，就是在那时，小说的主题才真正显现出来。关于这一点，小说和戏剧同理，戏剧尤为如此。因此，上述程序几乎可以说是在我的小说构成中最重要的东西。

如果在最初就主题明确，就会变成推理小说了。只有在不知道是否真的犯罪了的情形下写小说，才有趣。

主持人　最近您好像真的没有在写短篇小说了，本以为您创作了许多这类小说。

三岛　我已经（对短篇）没什么兴趣了。把精力花在写长篇上，就写不了短篇了。

贝斯特　现代日语中是否形成了能够很好地体现思想的手段呢？

三岛　没有。比如说，**我对现代日语最绝望的是在 1960 年安保斗争的时候**。那时到处可见"保卫民主主义！"的标语，但每个人口中的"民主主义"，意思都不尽相同。如果同一种说法之下有多种意义，那么文学就无法成立。文学只能成立于一词对应一义的情形之下。保尔·瓦莱里同样如此认为。

主持人　瓦莱里也提到过"一个词只能用于表达一个意思"吗？

三岛　这应当是作为文学者坚信不疑的底线吧。然而，日语从战后起就变成了这副模样。说到伪善这一点，其实在语言范畴里也同样实用。提及"和平"，其中所包含的内容全部被"和平"一词所取代。人们根本不去顾及其中究竟是何内容，他们只关注字面本身，用这个词去主张、去论辩、去争斗、去发起战争。所有的日本人皆如此。记者和媒体同样认为，只要标榜和平，内容无关紧要。我认为，这是现代日语衰退的真正原因之一。而小说家也全然不顾内容，若无其事地这么使用着。小说家也在堕落。

我之所以反反复复强调语言的重要性，是因为我对如今的现象有所批判。不批判，意难平。我在前面偶有提到福楼拜，称这类作品为旧式潮流。但并非主张复古。**我在深思熟虑后认为，端正措辞，是如今的日本唯一的出路。**

贝斯特　或许我没有资格这样问，但您所指的是不是，当今如果想要创作一些思想性的内容，需要从开始就为实现这一目的去构建个人的写作框架、创作拥有个体风格的文章？

三岛　只能这样做。如果不能以个人风格去主张，思想已变得越来越难以得到主张。从某种意义上讲，我认为思想也属于文学范畴。达不到这种程度的思想家是非常浅薄的。我以为从某种角度而言，**思想只能通过文体来主张。**一个艰难的时代已经来临了。

我会觉得，艺术家、小说家或者文学家，是牧羊犬的角色。栅栏外满是迷失的羔羊。它们就是语言。把它们赶回栅栏，是我的工作。我会将自己的一生奉献给这份工作，所以我就是牧羊犬。

主持人　最后想问您，这次我们翻译了您的作品《海与晚霞》，并想在文中配上插图。我们觉得，无论是将作为小说创作背景的镰仓八幡宫原模原样地画出来，或是拍成照片，都有些太过写实了，于是想出使用剪纸的主意……我带来了这位创作者的作品，在此想听听三岛先生您的意见，您觉得使用这样的剪纸作为插图是否可行？

三岛　我不喜欢这样的效果。如果能印成彩色，可以直接保留寺院的形象，因为那是按照旧时原样重修后的模样，能够很好地呈现小说内容。我也希望画面中可以出现从镰仓八幡宫眺望而去的镰仓海景。因为我是去到实地后，实景描写而成的文章，这样配图我会感到欣慰。使用当地拍摄的照片，画面中有自上而下看到的海景，这样是最好的。

主持人 明白了，那就这样定了。这个故事讲的是，一个名叫安里的少年，被人以加入十字军的诱惑所欺骗，被贩卖到奴隶市场，后来辗转东渡日本，成为镰仓建长寺的一名杂役，并就此终其一生。在这个短篇中，他站在山上凝视着晚霞渐渐褪去颜色，一边在回忆中陷入沉思。

三岛 发生背景是儿童十字军东征的故事。当时传说，马赛的海会一分为二，所以孩子们都往马赛去了。他们想，从那里或许可以通往圣地。他们相信了这个预言，但海却没有裂开，结果是，他们被当作奴隶贩卖了。那个成为寺院杂役的男孩，直到老去，都一直在思索着"那时大海为什么没有裂开，究竟是为什么呢"，每每看到大海和晚霞，他都会这么想。就是这样一个故事。

主持人 在这篇故事中，您是否有尝试探讨天主教的想法呢？

三岛 没有。我心中所想是，大海为什么没有一分为二。如果大海裂开，我就可以抵达圣地了。结果没有裂开，所以现在才坐在这家宾馆里。（笑）**它是我的一种内心告白。**这就是小说的主题。

主持人 还有一件事，我们想拍一张您的照片。可不可以请细江英公先生，在您的家中拍摄？

三岛 可以啊。只是时间有点⋯⋯

主持人 大概还有一个多月才用得上。

三岛 四月可以吗？

主持人 可以。

三岛　那我们就定四月吧。

主持人　摄影师请谁好呢？细江先生可以吗？

三岛　请细江先生或者篠山先生都可以。

贝斯特　您打算在小说之外还要再创作一篇随笔，对吧？是怎样的内容呢？

三岛　最近我看了能乐[1]《通小町》，十分陶醉。演小町配角的那个能乐艺者我不太了解，演得不怎么好。但面具精致，服饰优美，小町在台上活动的那段时间，比方说是一个小时的表演，小町在此期间一直在场，所以是实实在在的一个小时，那一个小时于我而言，是这一生中独一无二的一小时。那一个小时，被满满地占据了，被某种东西浓妆厚抹。在那一个小时里，我不能吃喝，不能工作，只是在观看。为何会在我的人生里出现这样一个不复存在的一小时？**完全侵占我这一小时的东西，究竟是什么？我想，那是美。**它是非常浓郁的东西。像蜜糖一样黏稠，夺去了我人生中的一个小时。我想要把它追回，却无济于事。为何会有这样的东西闯入我的人生？我只是偶然去观演，并无法预测会发生这样的事。我认为这就是美，只能是美。

你去看看《长发》，我忘记是两小时还是三小时，等在那里的只有"丑"。哈哈哈哈。

主持人　我们居然拥有这样的艺术。

1　一门日本古老的传统艺术，其表演形式意在体现物哀、风雅、幽玄等日本美学特征。

三岛　是的，这就是能乐。

主持人　这一出有被收录到您的 **《近代能乐集》** 里吗？

三岛　没有，《通小町》没有被收录。《通小町》原本我并不怎么喜欢的。但不知为何，**最近去看了小町的演出后发现，啊——这才是真正的美。** 它是美的集合，毫无争议。于是我想把它写成随笔，以此出发探讨何谓日本之美。我认为，时间艺术终究会成为美不可或缺的要素，所以会从这里出发来书写。

主持人　之后的翻译工作就有劳贝斯特先生了。

三岛　放心，这次不会写成难以理解的古怪文章。(笑)

主持人　感谢二位。

图书在版编目（CIP）数据

雨中喷泉 /（日）三岛由纪夫著；李敏译 . -- 北京：
中信出版社，2023.3（2025.6 重印）
（企鹅·轻经典）
ISBN 978-7-5217-5213-7

Ⅰ.①雨… Ⅱ.①三…②李… Ⅲ.①日本文学—现
代文学—作品综合集 Ⅳ.① I313.15

中国国家版本馆 CIP 数据核字（2023）第 023096 号

告白：三岛由纪夫未公開インタビュー
Copyright © Iichiro Hiraoka 2019

本书仅限中国大陆地区发行销售

企鹅·轻经典
雨中喷泉

著　者：[日]三岛由纪夫
译　者：李敏
出版发行：中信出版集团股份有限公司
　　　　　（北京市朝阳区东三环北路 27 号嘉铭中心 邮编 100020）
承　印　者：北京中科印刷有限公司

开　本：787mm×1092mm　1/32　　印　张：6.5　　字　数：139 千字
版　次：2023 年 3 月第 1 版　　　　印　次：2025 年 6 月第 3 次印刷
书　号：ISBN 978-7-5217-5213-7
定　价：49.00 元

版权所有·侵权必究
如有印刷、装订问题，本公司负责调换。
服务热线：400-600-8099
投稿邮箱：author@citicpub.com